Emma Dante

Mitternacht in Palermo

Emma Dante

Mitternacht in Palermo

Roman

Aus dem Italienischen
von Christiane v. Bechtolsheim

Sammlung Luchterhand

Er beobachtete sein Spiegelbild
mißtrauisch …
Er war entsetzt und neugierig zugleich.
Er wich zurück, sein Spiegelbild ebenso, und
allmählich ging ihm auf, daß er sich selber sich
gegenüber befand.

Friedrich Dürrenmatt, *Minotaurus*

I

Der letzte Sonntag im Monat

Die Familie trifft geschlossen an der alten Thunfischfabrik »Tonnara Florio« ein. Um neun, spätestens halb zehn Uhr vormittags stürzt sie an den Strand, um den besten Platz zu ergattern. Niemand zieht die Schuhe aus, alle versinken mit den Füßen im Sand und driften zur selben Seite hin ab. Besonders die dicken alten Frauen peilen mit irrem Blick die Lage und schreien, sobald sie den zu okkupierenden Platz ausgemacht haben, aus voller Kehle zu groß und klein: »Schnell, besetzen! Den Platz da! Beeil dich, sonst schnappt ihn jemand weg!«

Die Aufgaben sind genau verteilt: Der Vater trägt in seinen muskulösen Armen die zehn Kilo Alustangen für das Gerüst des Pavillons; der Großvater plagt sich mit den dazugehörigen Dachplanen und einem Haufen Plastikzeug zum Aufblasen; die Cousins schleppen den Grill, die Holzkohle und ein kleines Igluzelt, in dem, hat man sich erst mal am Strand niedergelassen, das Essen aufbewahrt wird; die Kinder, meist zwei oder drei pro Familie, schleifen jedes einen Klappstuhl hinter sich her; die Halbwüchsigen nebst Freund oder Freundin sind für die übrigen Stühle und den Ghettoblaster zuständig; in Mutters Armen türmen sich

Tüten mit überbackener Pasta und drei Kilo Schweinefleisch in Form von Würsten, Spareribs und Steaks; die Tanten können es gar nicht erwarten, Tischchen, Geschirr und vier Kilo Brot loszuwerden; der dünne Onkel hat eine Kühlbox mit Eiswürfeln geschultert, die Forst-Bier, Cola und Mineralwasser kalt hält.

Der anvisierte Strandabschnitt muss mindestens sechzig Quadratmeter messen und darf nicht zu nah am Wasser liegen, außerdem soll möglichst ein Lüftchen wehen. Kaum ist er in Beschlag genommen, wird illegal gebaut: der Sechs-mal-sechs-Meter-Pavillon, der als Esszimmer dient, und das nicht viel kleinere Igluzelt, in dem die Frauen die Vorräte aufbewahren.

Der Vater überwacht als tüchtiger Bauleiter die Arbeiten und lässt sich nach vollbrachtem Werk auf dem bequemsten Stuhl nieder, von dem er für den Rest des Tages nicht mehr aufsteht. Tisch und Essen kommen zu ihm, magnetisch angezogen von dem enormen Wanst, den er seit Jahren hingebungsvoll päppelt. Das Startsignal für das Strandleben ist also der auf dem Stuhl sitzende Vater. Sofort geht es drunter und drüber: Die größeren Kinder drehen den Ghettoblaster voll auf; die Kleinen rennen ins Wasser, tauchen, prusten und schmeißen sich Sand in die Augen; die Cousins blasen Luftmatratzen, Schwimmflügel, Reifen, Wasserbälle und Planschbecken auf; die Mädchen schmieren sich den Körper mit Sonnencreme, das Gesicht mit Feuchtigkeitscreme und die Haare mit ätherischen Ölen ein; der Großvater legt eine Patience; die Mutter und die Tanten werden nicht müde, schreiend und gestikulierend die Kleinen zurechtzuweisen; der dünne Onkel trinkt um halb zehn sein erstes Forst und hat um viertel vor zehn schon drei Flaschen intus. Der Vater sieht zu und lässt alle gewähren. Er genießt die Familie. Mit jener Strenge, die dazu dient, gegenüber der Nachkommenschaft Distanz zu wahren und jede Form von Zuneigung und weibischem Getue zu unterdrücken: Natürlich sind sie sein eigen Fleisch und Blut, aber das darf nicht auffallen, nicht ins Auge stechen. Er ist ein echter Kerl, der Vater, grob und sentimental zugleich. Er badet nie, und alle, die älter sind als er, folgen seinem Beispiel. Nach einem ungeschriebenen Gesetz überwachen die Männer das Territorium, ohne es jemals zu verlassen.

Wenn schließlich jeder mit seiner Beschäftigung vertraut ist, machen sich die Frauen an die Arbeit, damit man möglichst bald an das eigentliche Ziel des Tages gelangt: essen.

Nahtlos reiht sich ein Pavillon an den anderen, und über fünf Kilometer Strand verbringt ein ganzes Volk dicht gedrängt einen gelungenen Sonntag am Meer.

Der überfüllte Strand grenzt an den kleinen Hafen der Tonnara, wo man gern im Schlammwasser mit den öligen Spuren der Motorboote, Schlauchboote, Fischerkähne und Schaluppen planscht und badet. Zwischen Strand und Hafen liegen aufgetürmt Betonblöcke, von denen die Mutigen mit einem Kopfsprung, einem Hecht oder einem Kopfsprung mit gekreuzten Armen ins Wasser springen (bei der kunstgerechten Ausführung letzteren Sprungs wird auf halbem Flug in die Hände geklatscht), während die Feiglinge für ihre Kerzen und Bomben mit »buuuuuh« und »vergiss es!« ausgepfiffen werden. Hinter der Stützmauer, die eine ansteigende Straße vor Erdrutschen und Abbrüchen schützt, erhebt sich, märchenhaft und streng, der neugotische Palast, in dem einst die Familie Florio gelebt hat und der wegen seiner vier spitzen Türme, die ihn krönen, Vierspitz heißt. Der historistische Baustil des neunzehnten Jahrhunderts passt überhaupt nicht zu den Häusern aus Stahlbeton ringsum, die mit dem illegalen Baugewerbe der heutigen Zeit wie Pilze aus dem Boden geschossen sind. Im Lauf der Jahre sind die kleinen Häuser, früher Obdach für jeweils nur eine Familie, in die Höhe gewachsen, damit Kinder und Enkel Eigentumswohnungen erben können, auf das Erdgeschoss wurde ein zweites, drittes, viertes Stockwerk aufgepfropft, ohne Genehmigung und ohne nachträgliche Erlaubnis, bis richtige Mehrfamilienhäuser entstanden sind. Doch zum Glück kann das Meer nicht in Beschlag genommen werden, und trotz der jahrzehntelangen Bauspekulation, die Palermo und Umgebung tief verwundet hat, stiftet das Mittelmeer in seiner kraftvollen Schönheit nach wie vor Frieden zwischen der Raffinesse eines Stils und der Grobschlächtigkeit des Üblichen.

Am höchsten Punkt der Straße, die den kleinen Hafen beherrscht, erscheint jeden Sonntag, seit acht Jahren und immer an derselben Stelle, eine dunkle Gestalt. Sie ist so steif und dünn, dass man sie von fern für eine der in der salzigen Luft verwitterten Straßenlaternen halten könnte, die, obwohl längst kaputt, immer noch in den Gehsteigen verankert sind. Erst von Nahem ist ein menschliches Geschöpf zu erkennen, reglos und abwesend, als befände es sich an einem anderen Ort. Durch ihre im Wind flatternden spärlichen weißen Haare beobachtet die Frau die Ameisen am Strand und verfolgt das Kommen und Gehen mit krankhafter Konzentration. Als hege sie den Plan, sie zu zerdrücken. Doch keine Geste, kein Schritt verrät ihre Miene. Sie ist leer. Wie ein alter Holzkahn am trockenen Strand, von der Sonne verbrannt und vom Meer vergessen, so wartet Samira darauf, dass jemand sie abholt. Die in Zorn und Verachtung geballten Fäuste, die sie in die Hüften gestemmt hat, würden es jederzeit mit dem Feind aufnehmen und ihn notfalls niederstrecken. An der Distanz zwischen ihr und den Wellen, die gegen die Betonplatten klatschen, erkennt man, dass sich ihr Hass gegen das Meer richtet.

Nachdem sie vor sechzehn Jahren – wie achttausend weitere Männer, Frauen und Kinder – mit ihrer Tochter auf einem altersschwachen Kahn im Hafen von Otranto gelandet war, verbrachte sie einen Tag und eine Nacht kniend auf der Mole, wo das Boot festgemacht hatte, und dankte Gott für die Gnade. Zu viel Schreckliches hatte sie in den fünf Tagen der Überfahrt gesehen. Sie hatte Albanien mit einem Kanten Brot und einer kleinen Feldflasche Wasser verlassen, ohne Gepäck oder wehmütige Erinnerungen, mit den anderen zusammengepfercht wie ein Stück Vieh unter Vieh. Sie spürten die kleinen Kinder unter ihren Füßen, und wenn es ihnen gelang, sie hochzuziehen, sahen sie die Angst in den zerquetschten Gesichtchen, die ihre Augen aus den Höhlen hatte springen lassen. Menschen wurden ins Meer geworfen, andere verschwanden von selbst. Flecken von Toten bedeckten die Adria, die Boote in Prozession schwankten wie irr und drohten wegen des Ballasts an Verzweiflung zu sinken. Samira klammerte sich an ihre Tochter wie ein Seemann an sein Ruder, damit sie ihr auch beim geringsten Schlingern nicht auskam.

Von der Überfahrt ist ihr ein Gefühl des Schwindels geblieben, verursacht durch die Stellung des Kopfes, den sie seither beharrlich gebeugt hält. Das Meer war ihr einfach nicht geheuer. Vor allem nachts hatte die unendliche Dunkelheit sie gezwungen, den Blick zu senken, nach innen zu wenden, ihre ganze Aufmerksamkeit auf die Holzplanken zu lenken, die von einer Mischung aus Schaum Erbrochenem und Salz angenagt waren. Das Meerwasser spritzte gegen ihren Nacken, als würden sich Salznadeln in die Haut bohren.

Nie wird sie die Landung vergessen. Italien. Der elegante Stiefel unter ihren krummen Hühneraugenfüßen. Italien. Das Land der Erlösung: keine Not mehr, keine Arbeitslosigkeit, keine Ausbeutung oder Ausgrenzung. Italien. Die Gewissheit einer besseren Zukunft. Doch leider wanderten Mutter und Tochter, beseelt von jenem Zipfelchen Hoffnung, das die Verzweiflung begleitet, gleich nach der Landung in Otranto noch zwei Monate lang weiter. Bis sie schließlich nach Sizilien gelangten, wo sie sich erschöpft einem Mann überließen, der sie um jeden Preis retten wollte.

Mit sechzig Jahren tat Rosario Calafiore, ein waschechter Palermitaner, der damals sechsundzwanzigjährigen Thana den Gefallen und heiratete sie, womit er sie zur italienischen Staatsbürgerin machte. Der Mutter konnte er diese Ehre nicht zuteil werden lassen, er nahm sie aber ebenfalls in sein Haus auf. Die alte Frau kam heimlich in die Familie, ihr Aufenthalt im Lande war und blieb illegal.

Jetzt, nach fast sechzehn Jahren Illegalität, ist das Mosaik der Geschichte in Samiras Kopf zersplittert. Sie erinnert sich zeitweise. Lückenhaft. Bringt viel durcheinander. Sie starrt mit zerbrochener Identität in die Gegenwart. Millionen Puzzleteile sind in der Erinnerung verloren gegangen, und ohne das vollständige Grauen kommt es ihr vor, als hätte sie nie gelebt. In ihr langärmeliges schwarzes Kleid gehüllt, steht sie auf der Straße über dem Meer. Sie ist sehr mager. Stumm. Vom Schmerz zerfressen. Tiefe Furchen ziehen sich durch das Gesicht, und in den schwarzen Augen liegt etwas Angsteinflößendes: Samira wartet auf den Tod.

»Wird's bald? Es ist höchste Zeit! Das ist doch ein starkes Stück! Hören Sie mich überhaupt? Wir müssen los, die sind schon alle auf dem Weg … Wo steht denn das Auto?« Das Gekeife geht Samira durch Mark und Bein, sie dreht sich rasch um und mustert sie scharf, die kleine untersetzte Frau mit dem blöden Grinsen, die wer weiß wie lange schon hinter ihr lauert. Natürlich hat sie sich von hinten angeschlichen, um sie zu erschrecken. Gott allein weiß, wie oft diese Giftschlange sie schon schikaniert hat. Samira rächt sich für den Schrecken, indem sie mit dem scharfen Nagel des Zeigefingers blitzschnell ihre Augen streift, bevor sie auf einen roten Wagen zeigt, der auf der anderen Straßenseite geparkt ist.

»He, Sie kratzen mir ja die Augen aus! Sehr witzig, passen Sie bloß auf, mit mir ist nicht zu spaßen, wenn man mich reizt. Los, machen Sie das Auto auf und lassen Sie die Fenster runter, da erstickt man ja!«

Während sie in der großen Tasche des schwarzen Kleides nach dem Schlüsselbund des Calafioreschen Anwesens fingert, spürt Samira hinter sich die Verwandtschaft nahen; ein Schauder läuft ihr über den Rücken, und flüchtig fühlt sie, dass ihre Kraft nicht ausreicht, doch dann gibt sie sich einen Ruck und wendet sich gelassen vom Meer ab, überquert die Straße, entriegelt die Türen des roten Fiat Punto, setzt sich ans Steuer, lässt die Seitenfenster herunter, umklammert mit den Händen das glühend heiße Lenkrad, sie spürt keinen Schmerz, und wartet.

Die Familie kommt und kippt tonnenweise Müll neben einen bereits von Unrat überwucherten Container, dann klettern alle, erst die Kleinen, dann die Großen, unter gegenseitigem Geschubse ins Auto. Familienoberhaupt Rosario Calafiore steigt als Letzter ein, er lässt sich auf dem Beifahrersitz nieder und befiehlt seiner Schwiegermutter loszufahren. »Fahr zu! Das hält ja kein Mensch aus, bei der Hitze am Strand. Warst du bei deiner Tochter?«, fragt er Samira, während sie wendet. »Hast du nicht gehört? Ich habe gefragt, ob du bei deiner Tochter warst!«, wiederholt er ungeduldig. Samira nickt, und als sie auf die Straße fährt, legt sie den vierten Gang ein und würgt den Motor ab. Saro deutet wütend auf den Container und droht, sie ebenfalls wie Abfall dazulassen. Im gleichen Ton schnauzt er anschließend seinen Jüngsten an: »Und? Wie spät ist es?«

*

»Viertel nach zwei.«

»Was, so spät!«

»Die Braut war so schön mit ihrem Strauß Flamingoblumen!«

»Es war dumm, erst zum Hotel zu fahren.«

»Funktioniert eigentlich die Klimaanlage in diesem Auto? Die Hitze ist doch nicht normal. Es sind mindestens fünfunddreißig Grad im Schatten.«

»Hast du das Geschenk?«

Clara kramt ein Flugticket, ein frisches Päckchen Tabak und ein handbemaltes chinesisches Döschen aus der orangefarbenen Tasche mit der großen Sonnenblume am Reißverschluss, steckt Rosa das Ticket in den Mund, so dass die es mit den Zähnen festhalten muss, entnimmt dem chinesischen Döschen Blättchen und Filter und dreht sich blitzschnell eine Zigarette, als hätte sie aus der Dose auch die chinesische Emsigkeit hervorgezaubert.

»Bitte sehr, fertig zum Einchecken. Warum fahren nicht wir nach Tunesien?«

Rosa spuckt das Ticket aus und drückt auf die Bremse, woraufhin der Fiat Multipla mit seinen ausladenden Flanken, die zerkratzt sind von den Engpässen, durch die er sich im Lauf seines Lebens gequetscht hat, erst ins Schleudern gerät und dann, eine Hitzewolke hinter sich lassend, stehen bleibt.

»Ist dir eigentlich klar, dass wir uns verfahren haben? Wir irren jetzt schon seit einer halben Stunde durch die Gegend, und kein Schwein ist auf der Straße, das man fragen kann.«

»Wenn ich mir den Weg hätte erklären lassen …«

»Was dann? Wäre dann ein Wunder geschehen? Kümmer du dich um Mailand, ich bin für Palermo zuständig, schau lieber im Handschuhfach nach einer Straßenkarte! Diese Stadt ist unerträglich, jedes Mal verfranse ich mich. Ich kann mir die Straßen einfach nicht merken. Es ist zum Verrücktwerden!«

Clara wühlt im Handschuhfach und zündet sich dabei die Zigarette an; unerbittlich verschmilzt die Flamme des Feuerzeugs mit der bestialischen Hitze des Julinachmittags, und als Clara einen tiefen Zug nimmt, schießt ihr die Glut direkt in die Lunge. Ihr wird schwindlig, sie spürt einen Taumel.

»Ihr seid schon wirklich komisch. Ihr orientiert euch an Tankstellen, Bars, Krankenhäusern, Einkaufszentren, kein Mensch redet jemals von einer Hausnummer ... Wie die Japaner. 5–23–24 Kitashinjuku, zweite links nach dem zehnstöckigen weißen Gebäude mit den bunten Fenstern.«

»Wie bitte? Jetzt such doch endlich mal diese verfluchte Straßenkarte!«

»Da ist keine!«

Die Luft ist trocken, hier und da wirbelt der Wind staubige Zirruswölkchen auf. Clara kommt es vor, als hätte sie einen Grauen Star, sie sieht die Konturen der Dinge verschwommen. Der Scirocco nimmt ihr den Atem und trübt den Blick. Ihr wird beinahe schwarz vor Augen. Doch sie genießt das Unwohlsein: In Mailand dringt die Sonne nicht zu einem durch, sie vertreibt nicht die Wolken, färbt nicht die Dinge und wärmt vor allem nie. Sie atmet tief durch den Mund ein und legt befriedigt den Kopf zurück. Rosa denkt:

›Kein Mailänder wird jemals verstehen, dass die Sonne für die Sizilianer manchmal ein Fluch ist.‹ Wenn tagelang der Scirocco bläst, ist es bei dem schwülen, dumpfen Licht, als verströme die Sonne Todesahnung. Der Atem der Sonne ist das *Mal d'Afrique* dieses Volkes.

Die beiden sehr eleganten Frauen suchen die Via Anwar Sadat, wohin Elena und Rocco zum Hochzeitsempfang geladen haben, und lauschen in der Hoffnung auf jemanden, der ihnen weiterhilft, in die Stille einer menschenleeren Stadt hinein: Das betongesättigte Viertel der Fiera del Mediterraneo ist mit Werbeplakaten gepflastert, unter denen die großformatigen, faltenlos lachenden Gesichter lokaler Politiker besonders hervorstechen. Unterstützt vom Logo der Forza Italia, danken sie den Bürgern für das Vertrauen und die Stimme bei den letzten Wahlen, während auf Plakaten gegen die Mafia mit phrasenhaft formulierten Botschaften das offizielle Banner der Region Sizilien prangt.

Am Ende der nach einem berühmten Admiral benannten Hauptstraße stehen eine gigantische Mietskaserne, zwei Supermärkte und ein Fiat-Autohaus mit dem Rücken zum Meer. Dahinter sind schemenhaft die langen Hälse der Kräne auszumachen, die von den Werften aufragen. Von überall ist in regelmäßigen Abständen das Tuten eines Schiffes zu hören.

Feuerzungen lecken an den Häuserskeletten am Pizzo Sella, die nach dem Baustopp an der Flanke des »Schandhügels« vor sich hinvegetieren. Die durch das Licht erzeugte optische Täuschung rückt das Betonungeheuer von der Stadt ab. Es spuckt Flammen inmitten jäh aufstiebender

Staubwirbel. Auf dem Gipfel des Monte Pellegrino qualmt in der Ferne der Utveggio-Palast. Nichts zu wollen: An Scirocco-Tagen ist Palermo die Hölle. Sogar die Santuzza, die heilige Rosalia, und alle Heiligen mit ihr würden am liebsten die Flucht ergreifen.

Rosa steigt aus und versinkt mit dem Absatz ihres hochhackigen Schuhs im weichen Asphalt. Der geschmolzene Teer schluckt alles wie Treibsand. Plastikflaschen sind im Asphalt festgebacken, Tüten, Glasscherben, Kissen, Mofaräder, Fensterläden. Rosa zieht die Schuhe aus und entfernt sich hüpfend vom Auto.

»Auauau! Die Straße glüht ja! Das brennt! Auauau! Eijeijeijei! Tut das weh! Unter dem Sitz ist eine Wasserflasche, mach mir schnell die Straße bis zu dem Tor dort nass!«

»Was willst du da?«

»Klingeln, mach schon!«

»Wo denn?«

»An dem Haus da, beeil dich! Bring mir das Wasser, ich kriege Verbrennungen dritten Grades! Eijeijeijei! Tut das weh!«

»Ich hab dir doch gesagt, du sollst flache Schuhe anziehen!«

»Ja ja, ich weiß schon, beeil dich!«

»Wo soll das Wasser denn hin?«

»Hier! Ahhh! Auf die Füße, jaaa …! Kühl die Straße … Ahhh, bist ein Schatz …«

Als sie schließlich beide vor dem Gittertor stehen, klingelt Rosa an der Sprechanlage mit dem namenlosen Schildchen; sie hat noch nicht den Finger vom Klingelknopf genommen, als durch den Lautsprecher auch schon eine Frauenstimme begierig »Wer ist da?« fragt.

Rosa sieht Clara amüsiert an und drängt sie mit einem Kopfnicken zu antworten.

»Bitte entschuldigen Sie, wir suchen die Via Anwar Sadat.«

»Wer ist denn da?«, drängt die aufgedrehte Stimme.

»Wir kennen uns nicht. Wir suchen die Via Anwar Sadat, die soll nicht weit vom Messegelände sein. Anscheinend eine Querstraße zur Via Ammiraglio Rizzo, als Anhaltspunkt hat man uns den Fiat-Händler genannt.«

»Sind Sie schon in die Scheiße getreten?«

»Wie bitte?«

»Sind Sie schon in die Scheiße getreten?«

Rosa und Clara sehen auf ihre Füße. Sie sind buchstäblich umlagert von Scheißhaufen, die sich ohne erkennbaren Grund an dieser Straßenecke sammeln. Clara legt den Kopf leicht in den Nacken und prustet los, dann beugt sie sich, achtsam das Gleichgewicht haltend, um keinen falschen Schritt zu tun, vor und brüllt in die Sprechanlage: »Klar sind wir schon reingetreten! Meine Freundin ist barfuß, ihre Füße sind mit Hundekacke verschmiert.«

»Schauen Sie genau hin: Das ist keine Hundekacke!«, ruft die Stimme streng.

»Igitt, das klebt alles!«, schreit Clara belustigt, während sie einen Schuh am Asphalt abstreift.

»Dann überlegen Sie, wo Sie Ihre Füße hinsetzen!«, ruft die Frau zornig. »Wissen Sie, von wem der Kot stammt, in den Sie reingetreten sind?«

»Nein.«

»Von meinem Mann.«

Rosa dreht sich der Magen um, sie will die Unterhaltung nicht mit anhören. In Palermo ist alles extrem. Grotesk. Zu viel hat sie in dieser Stadt schon erlebt. Einmal hatte sie sich an einem regnerischen Nachmittag unter einem Balkon untergestellt, als sie etwas Merkwürdiges neben einem Müllcontainer bemerkte. Bei genauerem Hinsehen entpuppte es sich als deckelloser Sarg mit verrosteten Scharnieren. Da war jemand aus einer Leichenhalle oder einem Friedhof oder einer Wohnung gekommen und hatte einen Sarg auf den Müll geworfen. Der Sinn eines solchen Tuns wollte sich ihr nicht erschließen.

Ganz zu schweigen von all den absurden Begegnungen. Einmal hatte ein Typ mit einer Pinzette in der Hand sie einen ganzen Vormittag am Strand verfolgt und sie gebeten, ihm das einzige borstige Haar, das ihm von Kind an auf der Nase wuchs, zu entfernen. Er nannte es einen Liebesbeweis, dass er ihr etwas schenken wolle, von dem er sich nie getrennt habe.

»Die Drecksau scheißt nachts da hin, um das Territorium zu markieren! Direkt vor das Tor, wenn ihn niemand sieht. Um mich zu ärgern! Weil ich ihn vor einem Jahr rausgeworfen und die Scheidung eingereicht habe. Ja, so war das! Seitdem benimmt er sich wie einer dieser Straßenköter, die auf dem Markt im Abfall wühlen. Das sind die allerschlimmsten, glauben Sie mir, die kacken nicht nur immer an dieselbe Stelle, sondern bellen auch noch die ganze Nacht. Die ganze Nacht! Ich habe permanent

Kopfschmerzen! Chronische Schmerzen! Sie müssen mir glauben! Er bellt. Ja. Mein Mann bellt. Und scheißt wie ein Hund auf die Straße. Wenn Sie wüssten, wie oft ich ihn schon angezeigt habe! Aber die Carabinieri machen sich nicht mal die Mühe, den Schaden aufzunehmen. Und ich lasse alles liegen. Wehe, das putzt einer weg! Ich warte auf das Gutachten. Aber dummerweise habe ich keine Zeugen. Jeder im Viertel weiß Bescheid und keiner sagt was, diese Vollidioten sind alle auf seiner Seite. Am schlimmsten sind die, die Geld gemacht haben und in ihren eigenen vier Wänden hocken. Ohne jeden Anstand reich geworden! Ich gebe dem Gutachter jetzt noch eine Woche, dann packe ich die Kacke ein, lasse sie in einem Labor untersuchen und bringe sie zur Polizei, dann werden wir schon sehen, ob das Hundescheiße ist oder nicht! Sind Sie noch da?«

»Wir sind noch da, Signora!«, japst Clara, die sich vor Lachen biegt.

»Was ist denn das für ein Leben! Ich sitze hier fest und komme gar nicht mehr aus dem Haus. Ich kann nicht raus, denn sobald ich den Fuß vor die Haustür setze – pflatsch! –, versinke ich in Scheiße. Ich gehe Brot holen und rieche Scheiße. Ich laufe herum und hinterlasse Scheißtapser. Wissen Sie, wie die Leute hier im Viertel mich nennen?«

»Nein!«

»Frau Scheißer!«

»Komm, Clara, wir fahren«, sagt Rosa entschieden.

»Warte …«

»Auf Wiedersehen, Signora!«

»Nein, gehen Sie nicht weg! Ich bin wirklich von der

Außenwelt abgeschnitten! Verstehen Sie? Sie müssen mir helfen! Hallo?«

»Zieh mich nicht, Rosa!«

»Jetzt komm schon!«

Es ist immer das Gleiche: Die neugierige Clara lehnt sich immer zu weit aus dem Fenster, Rosa hat Angst, sie zu verlieren und zieht sie an sich. Diese lebendigen Augen verstören sie, Clara würde es in Kauf nehmen, Dreck in die Augen zu bekommen, wenn sie nur Regeln und Tabus in den Wind schlagen kann. Clara bemalt alles, was man nicht bemalt. Anders Rosa, sie zieht sich zurück, beißt die Porzellanzähne zusammen und bremst ihren unruhigen Geist, der den verkehrten Körper seit Jahren verlassen will. Sie mag kein Risiko mehr eingehen. Rosa weigert sich aufzubegehren, sie benimmt sich gern anständig, versteckt sich hinter einem ganz normalen Leben. Ihre Homosexualität war fast ein Schock für sie, ein Trauma für die Familie. Nie wird sie den Nachmittag vergessen, an dem ihr Vater sie rausgeworfen und ihr die Tür vor der Nase zugeknallt hat. Sie wusste nicht wohin. Und sie war sehr jung.

Die Stimme des Vaters dröhnt ihr noch im Kopf: »Kein Wunder, dass die Jungs nie was von dir wissen wollten!« Zuerst hatte sie versucht, dagegen anzukämpfen, und die Einsamkeit akzeptiert.

Nach der Schule lief sie immer schnell nach Hause, sprach mit keiner Menschenseele. Doch das war nicht genug. Es nutzte nichts. Eines Sonntags packte Onkel Giuseppe sie am Ohr und schleifte sie zu ihrem Vater:

»Deine Tochter hat mit dem blöden Ladenmädchen von der Bäckerei geknutscht und ihm an den Busen gefasst, schick sie ja nicht mehr zum Brotholen, die ist ja abartig, die ist krank im Hirn!«

Der Vater zerrte Rosa auf den Küchenbalkon, riss ihr die Unterhose herunter, zog seinen Gürtel aus und schlug sie derart, dass sie sich ans Geländer klammern musste, um nicht zusammenzubrechen. Alle Bewohner des Hauses konnten bei der Bestrafung zusehen. Und sie bekam zum ersten Mal die Brutalität eines Mannes zu spüren, der ihren unberührten Hintern peitschte. »Du bist nicht länger meine Tochter, klar? Dein Blut ist nicht mein Blut!«, waren die letzten Worte des Vaters.

Nach manchen Widrigkeiten und tausend weiteren Übergriffen war sie nach Mailand emigriert, und sie hatte es geschafft, obwohl sie ihre männliche Seite nie ganz akzeptierte.

Die Mentalität ihrer Familie hatte den Keim der Sünde in ihr angelegt, und Rosa sollte niemals aufblühen können. Ihr kindlicher, bisweilen hilfesuchender Blick war im Lauf der Zeit hart geworden und hatte ihr, als sie erwachsen wurde, die Gesichtszüge eines Menschen verliehen, der nie zugeben würde, in der falschen Haut zu stecken.

Um ihre sexuelle Orientierungslosigkeit zu verbergen, kleidet Rosa sich plump, sie trägt tief dekolletierte, hautenge Kleider und balanciert auf High Heels. Sie verabscheut Lesben. Sie ist die klassische Sittenwächterin und bezähmt das Feuer, wenn ihre im Körper eingeschlossene Seele entbrennt.

»Diese Scheißstadt kann mich am Arsch lecken! Ich fahre jetzt der Nase nach, steig ein!«

»Würdest du bitte aufhören mit diesem Befehlston?«

»Nerv nicht, Clara! Ich bin nervös, wir hätten nicht erst ins Hotel fahren sollen, ich hätte nicht auf dich hören sollen …«

»Jetzt bin wohl ich schuld!«

»Ich wollte nie zu dieser Hochzeit. Du hast darauf bestanden!«

»Wie bitte? Das sind deine Freunde, ich kenne sie nicht mal …«

»Du hast mich doch von wegen Palermo zugetextet! Eine ganze Woche Palermo! Ich hasse diese Stadt, wann kapierst du das endlich! Und du faselst von nichts anderem … Vier Termine musste ich absagen, das Treffen mit den Museumsleuten verschieben, die Nachbarin bitten, sich um die Katze zu kümmern …«

»Du spinnst einfach!«, fällt Clara ihr ins Wort, bevor sie in eine scheinbare Ruhe versinkt.

Hinter ihnen ist ein Auto zum Stehen gekommen und hupt. Rosa lässt den Motor an und fährt mit quietschenden Reifen los, ohne zu wissen wohin. Sie ist unsicher und wütend. Wenn sie nach Palermo kommt, brechen jedes Mal die alten Wunden wieder auf, und sie brütet über den Erinnerungen und schwört Rache. Und dann auch noch Clara, die sie nicht versteht und nicht zu ihr hält. Als Erstes hüllt sie sich in Schweigen. Doch Rosa versteht es meisterhaft, die strengen Blicke und das Schweigen der Freundin zu untergraben. Daher wird Clara aus Trotz als Nächstes förmlich.

Rosa verkrampft sich der Magen, wenn Clara Plattitüden von sich gibt, und sie deutet jedes Anzeichen als Vorbote von etwas Schrecklichem, nämlich dem Ende ihrer Liebe. Die emotionale Abkoppelung dauert einen Wimpernschlag, den Bruchteil einer Sekunde, wie ein Reifenwechsel beim Boxenstopp, der den Gran Prix kostet. Am liebsten würde sie sagen: »Schluss! Hör auf … umarme mich, Liebste.«

Aber sie schafft es nicht, sie schweigt ebenfalls, schmollend, und belastet die spannungsgeladene Atmosphäre damit noch mehr.

Neben ihr beugt sich Clara, so weit sie kann, aus dem Fenster, unbekümmert der mütterlichen Ermahnungen, die sie als Kind immer zu hören bekam: »Pass auf, der Kopf ist der schwerste Körperteil, du kriegst noch das Übergewicht!« Sie verlor oft den Kopf, sie purzelte oft mit Haut und Haar hinterher, weil ihr die Leidenschaft ein Bein stellte. Clara fiel gern hin, sie hatte keine Angst, sich weh zu tun. Die ständig aufgeschürften Knie und die blutende Nase bestätigten ihre kindliche Überzeugung, dass die Liebe einen verschleißen müsse.

Clara glaubt immer noch daran. Sie überlässt sich dem Wind, der sie wie ein Fön einen halben Zentimeter vor ihrem Gesicht trifft, und in ihrem Kopf brodelt es beim Gedanken an ihre erste Begegnung, an diese intensiven Augen, die ein einziges Schauen, Suchen, Sehnen waren … an den ersten Kuss … an das nicht endende Herzklopfen angesichts des Wunders von zwei Zwillingskörpern beim Liebesakt.

Und obwohl ihre Körper sich nicht ergänzten und Leere und Schweiß zurückblieben, machte Clara die größte Entdeckung ihres Lebens, als sie an dem Abend im Parco Sempione eine Blüte zu bestäuben vermochte: Rosa.

Wie schön sie war!

Clara liebte sie so sehr, dass ihr das Herz wehtat. Sie dachte, dies wäre das erste und das letzte Mal, dass sie sich für eine Frau töten lassen würde.

Jetzt gärt in ihr die immer gleiche Frage, wie lange sie noch warten muss, bis sie wirklich angenommen wird. Fünf Jahre Zusammenleben und nie ein Kuss am helllichten Tag, nie traute sich Rosa, auf der Straße oder im Kino oder im Supermarkt ihre Hand zu halten oder ihr übers Haar zu streichen, niemals.

Alles versteckt, verboten. Wie eine Schnecke kriechend und eine geruchlose Schleimspur hinter sich lassend, zog Rosa sich immer tiefer in die Schuld zurück; sie hatte eindeutig Angst zu lieben.

Clara fährt vom Sitz hoch, als Rosa scharf bremst. Sie zieht den Kopf ein und stellt mit einem schnellen Blick fest, dass ihre Freundin angesichts einer Gabelung unschlüssig ist: rechts oder links? Rosa weiß nicht weiter.

Wieder hupt es, Rosa wird nervös und biegt kurzerhand in die rechte Gasse, ein sehr schmales Sträßchen, ein.

»Deine Tagungen, dein Studio, deine Katze … Ich hab's satt Rosa, richtig satt!«

»Du hast es satt? Was soll ich denn da sagen? Ich zahle die Miete! Und die Nebenkosten! Wann suchst du dir endlich eine Arbeit? Du kaufst immer nur Pinsel und Farben!«

»Ich dachte, dir gefällt das!«

»Du tust den ganzen Tag nichts anderes, als alles zu bepinseln, was dir zwischen die Finger kommt! Reichen denn die Leinwände nicht? Musst du unbedingt auch die Wände vollschmieren? Wir leben in einem Trompe-l'œil!«

»Ja, ich weiß, du hättest meine Bilder am liebsten im Guggenheim hängen, dann wären sie dir wenigstens nicht im Weg. Aber sie sind wertloses Geschmiere. Für mich geht es nicht darum, ein Bild zu malen, sondern eine Grenze zu überschreiten. Fontana hat seine Bilder zerschnitten …«

»Aber er hat mit dem Geschnipsel seine Miete gezahlt!«

Ein Auto kommt ihnen entgegen.

»Das Kunstwerk verneinen, sobald ich es geschaffen habe! Das will ich! Sei froh, dass ich nur die Wände in der Wohnung vollschmiere! Was tust du, wenn ich mich erst an die Hausfassade mache?«

»Ich werde natürlich wütend!«

»Ich weiß nicht, ob ich dich noch liebe, Rosa.«

Das entgegenkommende Auto fährt zügig weiter.

»Was sagst du da?« Rosa dreht sich zu Clara hin und lässt einen Augenblick die Straße aus den Augen.

»Pass auf, das ist eine Einbahnstraße!«, kreischt Clara.

»Da war kein Schild«, entgegnet Rosa benommen.

»Bist du sicher?«

»Ich bin mit gar nichts mehr sicher.«

»Dann fahr zurück! Es kracht doch gleich!«

Rosa gibt Gas, während der entgegenkommende Fiat Punto ebenso weiterfährt, als wäre er allein auf der Straße.

»Bleib stehen, Rosa! Scheiße, was machst du denn? Du bringst uns um!«

Rosa bremst scharf und spürt bei dem Rückstoß einen Messerstich in der Brust: Ich weiß nicht, ob ich dich noch liebe.

Einen halben Meter vor der Delphinschnauze des blauen Multipla bleibt der Punto stehen.

»Dann trennen wir uns also, wenn ich das richtig verstehe?« Rosa bereut ihre Worte augenblicklich. Sie senkt den Blick und wartet auf das Fallbeil, wie ein zum Tode Verurteilter, der resigniert seiner Hinrichtung entgegensieht. Clara schweigt. Rosa spürt die Gefahr, die über ihrem Kopf schwebt, aber sie lässt nicht locker.

»Ich habe dich was gefragt: Sollen wir uns trennen?«

»Ich … ich weiß nicht …«

Die Motoren beider Autos laufen, weder Rosa noch Samira sind gewillt, den Rückzug anzutreten. Aus unterschiedlichen Gründen beäugen sie sich gegenseitig voller Hass.

Saro deutet auf den Eingang zu seinem Haus: Die Signorina müsse lediglich ein paar Meter zurückfahren, dann gelange er zu dem Haus schräg hinter ihr.

Aber Rosa, verärgert über das Ansinnen der sichtlich unbeugsamen Widersacherin, entgegnet würdevoll und mit betont Mailänder Färbung, es genüge ein klitzekleines Manöverchen, die Signora müsse lediglich in die schmale Einbuchtung an dem Tor hinter ihr zurücksetzen, um Platz zu machen. Doch der aufgebrachte Saro drückt nur insistierend auf die Hupe, beugt sich aus dem Fenster und schreit in breitem Sizilianisch: »He! Sollen wir hier übernachten oder was? Sprechen Sie überhaupt italienisch, Signorina?«

In dem Punto ringen nicht nur Samira am Steuer und

Schwiegervater Saro auf dem Beifahrersitz nach Luft, auf der Rückbank sitzen, wie Ölsardinen zusammengequetscht, Nicolas, Rosario, Natale mit Jennifer auf dem Arm und Concetta mit dem kleinen Karim an der Brust.

»Frauen am Steuer, das darf nicht wahr sein …«, keucht Saro. »Ich darf gar nicht an den Scheißkerl denken, der bei meiner verfluchten Staroperation gepfuscht hat … jetzt bin ich halb blind …«

So redet Saro mit dünner, spröder Stimme vor sich hin und drückt dabei mit seiner Riesenpranke Samiras Bein aufs Bremspedal. Saro ist groß und stark, er hat Kraft in seinen muskulösen, sonnengebräunten Armen und presst die Hände mit maßloser Wut auf den kümmerlichen Oberschenkel seiner Schwiegermutter.

»Du tust, was ich sage, Samira, und rührst dich um nichts in der Welt vom Fleck! Schau dir diese Schlampe an …« Saro beugt sich zornentbrannt aus dem Fenster. »Sind Sie so schwer von Begriff? Sie müssen ausweichen und uns vorbeilassen, wir wohnen hier!«

Clara redet auf Rosa ein, sie solle zurücksetzen. Aber Rosa bleibt stehen, sieht sie nicht mal an.

»Wir wohnen genau da … hinter Ihnen«, insistiert Saro.

»Und warum sollen wir Platz machen und nicht Sie?«, entgegnet Rosa, den Kopf nur knapp aus dem Fenster streckend. »Vorn an der Straße war kein Verbotsschild. Ich wiederhole: Hinter Ihnen ist eine Einfahrt, wenn Sie zurücksetzen, kommen wir vorbei.«

»Fahren Sie doch kurz in die Seitenstraße … wir sind ja praktisch da. Hören Sie mich?«, drängt Saro.

Rosa ist immer genervter und zieht den Kopf ein. Sie hat eine solche Wut im Bauch, dass sie am liebsten alles kurz und klein schlagen würde. Was nützt das Reden schon. Clara widert sie an mit ihren Beschwichtigungsversuchen. Wie soll sie, nachdem Clara das gesagt hat, jetzt noch denken, atmen, leben können? Rosa platzt beinahe der Kragen. Zu lange hat sie sich zurückgehalten, zusammengenommen, jeden Kummer im Magen versenkt. Sie kann nicht mehr. Sie muss sich auskotzen. Sie öffnet die Tür, beugt sich hinaus und steckt sich zwei Finger in den Hals.

»Du bist fix und fertig, Rosa, hör auf! Es reicht, lass uns umdrehen!« Clara zieht sie ins Wageninnere und versucht sie zu umarmen.

»Warum hast du das jetzt erst gesagt?«, erwidert Rosa und stößt sie hysterisch weg.

»Was würde es denn ändern? Vorher oder nachher, sag, was würde es ändern?«

»Pfosten brauchen wir hier!«, brüllt Saro aus vollem Hals. »Dann fährt niemand mehr durch! Ist denn das die Möglichkeit! Da will man nur nach Hause und muss dafür um Erlaubnis bitten. Und? Darf ich bitte?«

»Lassen wir sie doch vorbei, Papà«, sagt Nicolas vorsichtig.

»Du willst dich einer Frau geschlagen geben? Willst du werden wie dein Bruder Natale? Einer in der Familie reicht vollauf!«

»Wieso, was meinen Sie denn?«, mischt Concetta sich zur Verteidigung ihres Mannes ein.

»Dass in meinem Haus derjenige das Sagen hat, der die

Hosen anhat und nicht den Rock!«, gibt Saro zurück. Natale entgegnet nichts, die Hitze und seine Tochter, die mit ihrem ganzen Gewicht auf seine Milz drückt, setzen ihm zu, und er bringt lediglich ein blödes Grinsen zustande, um die Bemerkung des Vaters ins Scherzhafte zu wenden.

»Mamma, ich will raus!«, quengelt Jennifer in Natales Arm.

»Das geht jetzt nicht, sei still!«

»Ich mach gleich Pipi, Mamma!«

»Pinkel deinem Vater ins Hemd, Kind, dann reagiert er wenigstens!«

Samira schaltet den Motor ab. Rosa tut es ihr reflexhaft nach. Einen unendlich langen Augenblick rührt sich niemand. Die beiden Frauen starren einander an wie zwei Hühner, den Hals gestreckt, den Kopf leicht vorgeschoben. Lauschend, jederzeit bereit, aufeinander einzuhacken. Das Schweigen dehnt den Stillstand. Die Insassen blicken ihre jeweilige Fahrerin voller Hochachtung und Ehrgefühl an. Auch wenn ihnen der Beweggrund für das Duell verborgen bleibt: Rosa und Samira erklären ihrer Unterwerfung den Krieg.

Ein Auto nähert sich hinter Rosa und Clara, bleibt stehen und fordert Samira hupend auf zurückzusetzen.

Daraufhin ergehen sich die Insassen des roten Punto, als erwachten sie aus einer misslungenen Anästhesie, in unflätigen Protestäußerungen.

Der wartende Fahrer springt aus dem Auto, ohne den Motor abzuschalten, und läuft wutentbrannt auf Saro zu, der beweisen will, dass er keine Angst hat, und genauso wütend aussteigt. Da gibt es keine Diskussion, er wohnt mit seiner Familie hier, und das Auto der Mailänderin hindert sie an ihrer Rückkehr. Beleidigt steigt Rosa mit hoch erhobenem Kopf aus und wendet sich an ihren Verbündeten.

»Die Signora möchte uns nicht weiterfahren lassen«, erklärt sie mit lauter Stimme. »Sehen Sie die Einbuchtung direkt hinter dem Punto? Wenn die Signora so freundlich wäre und kurz da hineinfahren würde, kämen wir endlich vorbei.«

Doch Saro hakt sich bei dem Unbekannten unter und bugsiert ihn in der Absicht, ihn aus der Gefahrenzone zu bringen, im Zickzack auf Rosa zu, die er demonstrativ ignoriert. Als die beiden sich ihr bis auf zwei Schritte genähert haben, gibt er seinem neuen Freund, dessen Arm loslassend, zu verstehen, dass er nunmehr außer Gefahr sei, und reicht ihm mit freundschaftlichem Lächeln die Hand: »Angenehm, Rosario Calafiore.«

»Angenehm, Antonino Bruno«, erwidert der andere ungeduldig.

»Kichererbsen-Saro für meine Freunde, ich verkaufe nämlich geröstete Kichererbsen und Kürbiskerne, seit ich sieben Jahre alt bin, an der Piazza Maggione in dem Laden am Teatro Garibaldi, den kennen Sie bestimmt.«

»Ich muss weiter, ich habe es eilig … lassen Sie mich vorbei! Ich kann nicht den ganzen Tag hier vertun!«

»Sehen Sie die Haustür dort?« Saro zeigt auf die Tür gleich hinter dem Multipla.

Der Mann, der nur Bahnhof versteht, wirft einen kurzen Blick auf die Tür.

»Ich wohne seit über fünfzig Jahren mit meinen Kindern in dem Haus, mit Santo, Felice, Natale, Nicolas und Suellen und ihren jeweiligen Familien«, erklärt Saro, sich vertraulich Antonino Brunos Ohr nähernd. »Meine Frau lebt nicht mehr. Die erste. Die zweite auch nicht. Sie sind ganz plötzlich gestorben. Ich bin Witwer.«

»Mein Beileid«, sagt der Mann automatisch.

Saro nickt ergriffen.

»Ich lebe längst nur noch für meine Enkel. Drei sitzen im Auto: Rosario, Jennifer und Karim. Sehen Sie sie?« Stolz zeigt er auf sie. »Nicolas, mein Jüngster, ist auch dabei, und mein Sohn Natale mit seiner Frau.«

»Gratuliere zu Ihrer Familie. Aber … aber ich muss weiter«, leiert Antonino Bruno sein Sprüchlein herunter.

»Und dann …« Saro äugt verstohlen zu Samira und schaut gleich wieder seinen Freund an, und der Blick gibt zu verstehen, dass mit der Frau, und sei es wegen einer Lappalie, nicht zu spaßen ist. »… und dann ist da noch Samira, meine Schwiegermutter aus zweiter Ehe. Die ist ein strammes Weib. Wenn sie sich in den Kopf gesetzt hat, dass da keiner durchkommt …« Er rückt wieder nahe an Antonino Brunos Ohr heran. »… dann kommt da keiner durch! Und wenn eine Bombe hochgeht, die rührt sich nicht vom Fleck.« Er geht zu seinem Auto, ohne Rosa eines Blickes zu würdigen, verharrt kurz, bevor er einsteigt, und spricht – in Mafiosomanier, ohne sich umzudrehen – weithin vernehmlich ein letztes Wort: »Sie ist Albanerin!«

Wie ein echter Schauspieler, der für seinen beifallträchtigen Abgang von der Bühne sorgt, setzt Saro sich ins Auto und knallt ein für alle Mal die Tür zu.

»Der spinnt ja total!«, ruft Antonino Bruno und sieht Rosa resigniert an. »Bitte, Signorina, wir setzen jetzt zurück, dann können die vorbei, und wir fahren in aller Ruhe weiter. Kommen Sie, folgen Sie mir!«

»Was heißt hier ›folgen Sie mir‹? Sollen sich etwa zwei Autos wegbewegen, damit eines durchkann? Hinter denen ist niemand! Warum sollen wir uns das bieten lassen? Sie müssen dableiben.«

»Signorina, ich habe keine Lust, mich mit Verrückten herumzuzanken, wir lassen sie besser in Ruhe. Die sind doch alle krank im Hirn. Glauben Sie, mir macht es nichts aus, um den ganzen Häuserblock herumzufahren, um da vorne rauszukommen? Die sind gefährlich, glauben Sie mir!«

Hinter Antonino Brunos Wagen steht inzwischen noch ein Auto, und dahinter ein weiteres.

»Jetzt haben wir den Salat!«, sagt er betrübt, als er zu seinem Wagen geht. Rosa fängt an zu gestikulieren, sie hofft, die hinzugekommenen Autofahrer, die im Stau stehen und wissen wollen, was los ist, gegen den Fiat Punto aufhetzen zu können.

»Was ist denn los?«

»Seien Sie so gut und machen Sie die Tür zu, Mister, man sieht ja gar nichts …«

»Da gibt's nichts zu sehen! Los, fahren Sie schon, alles retour, die spinnen total!«

Zügig nähert sich ein weiteres Auto.

»Hier geht es nicht vorwärts!«

»Ist ein Unfall passiert?«

»Da geht gar nichts … man kommt nicht durch!«

»Und was machen wir jetzt?«

»Wo willst du denn hin, verdammt? Bist du taub oder was? Du sollst zurückfahren, hab ich gesagt!«

»He, immer mit der Ruhe, ja? Bist du blind oder was? Siehst du nicht, dass hinter mir auch ein Auto steht?«

Rosa setzt sich wieder in den Wagen und beobachtet im Rückspiegel zufrieden den wachsenden Stau, während hinter dem Punto die Straße immer noch frei ist. Samira drückt nur auf die Hupe.

»Ganz schön dreist!«, brüllt Rosa und lehnt sich aus dem Fenster. »Sehen Sie nicht, dass hinter uns vier Autos stehen?«

»Wie kann man nur so blöd sein«, grummelt sie in sich hinein, als sie den Kopf zurückzieht. »Sie hat sich darauf eingeschossen, uns nicht vorbeizulassen, davon bringt sie nichts mehr ab. Wer bin ich denn!«

»Das ist doch alles ein Witz«, sagt Clara leise.

»Ja, der ist aber nicht komisch!«, entgegnet Rosa und malträtiert die Hupe.

Aufgeregt sagt Saro zu seiner Schwiegermutter: »Lassen Sie mich ans Steuer!«

»Was haben Sie vor? Wenn die die Polizei ruft! Sie haben keinen Führerschein, dann sind wir im Unrecht!«, schaltet Concetta sich ein.

»Mamma, ich muss aufs Klo!«, quengelt Jennifer.

»Herrgott noch mal! Lassen Sie sie aussteigen, mir rutscht gleich die Hand aus!«

Saro fischt den Hausschlüssel aus Samiras Tasche und gibt ihn Rosario: »Da, geh du mit deiner Schwester!« Er lässt die Kinder aussteigen, die auf dem Weg zum Haus an dem Multipla vorbeirennen. Jennifer streckt die Zunge raus, und Rosario trällert ein Liedchen: »Ätsch, ihr kommt hier nicht vorbei, ab mit euch, ich sag's euch gleich, sonst hauen wir euch windelweich! Ätsch, ihr kommt hier nicht vorbei, ab mit euch, ich sag's euch gleich, sonst …«

»Dreckskerle! Hurensöhne«, sagt Rosa zwischen zusammengebissenen Zähnen und fängt wieder hektisch an zu hupen.

»Ich rufe die Polizei«, beschließt Clara und kramt das Handy aus ihrer orangefarbenen Handtasche.

»Lass die Polizei. Diese Arschlöcher räumen jetzt gleich die Straße.«

»Hier ist kein Netz, wie gibt's denn so was?«

»Primitive Ignoranten! Mafiosi!«

»Gib mir mal dein Handy, meines hat keinen Empfang.«

»Wenn deines nicht geht, dann geht meins auch nicht.«

»Stimmt, ist ja auch Telecom. Wir sind hier am Arsch der Welt!«

»Keine Sorge, jetzt geht es ums Prinzip: Wenn hier jemand weiterfährt, dann wir! Und sobald wir vorn am Eck sind, fahre ich dich ins Hotel. Wenn du erst aus dieser Falle raus bist, Clara, bist du frei. Ein-fach-frei!«

»Bist du bescheuert!« Clara steckt das Handy wieder in die Tasche und nimmt dafür die Rauchutensilien heraus.

Der Lärm, noch verstärkt durch das ohrenbetäubende Hupkonzert der sich stauenden Autos, schwillt an und ruft bald die Anwohner der Gasse auf den Plan, worauf ein lebhafter Streit über das Vorfahrtsrecht losbricht. Zwei entgegengesetzte Fraktionen bilden sich.

Die eine tritt für Samiras Sache ein, und die andere, zahlenmäßig kleinere Gemeinde legt sich für Rosa ins Zeug; letztere besteht aus den Autofahrern, die im Stau festsitzen, und dem einen oder anderen Alteingesessenen, der die Nase voll hat von dem Dauerzustand in der Straße und die Gelegenheit beim Schopf ergreift, um der Familie Calafiore mit ihrem Machtgehabe ein für alle Mal einen Dämpfer zu verpassen.

Daneben kristallisiert sich ein drittes Lager heraus, nämlich das der Vermittlerinnen. Es sind verständnisvolle Frauen aus dem Viertel, die Rosa die leidvolle Vergangenheit und die prekäre Lebenssituation der alten Signora schildern.

»Lassen Sie sie vorbei, Signorina.« Eine Frau mittleren Alters in Pantoffeln tritt an Rosas Fenster und redet leise auf sie ein.

»Die arme Frau kommt vom Friedhof. Da besucht sie jeden Sonntag ihre Tochter. Erst fährt sie die anderen an die Tonnara, dann geht sie auf den Friedhof. Hockt stundenlang auf Thanas Grab. Sie tut einem wirklich richtig leid! Jemand hat gesagt, sie sitzt da wie eine Henne, die ein Ei ausbrütet. Aber was hat sie denn noch zum Ausbrüten! Seit ihre Tochter, Gott hab sie selig, gestorben ist, ist Signora Samira verblödet … Lassen Sie sie durch! Sie spinnt ein bisschen.«

»Tut mir leid für die Signora«, flüstert Rosa, sie nachäffend. »Jeder hat seine Probleme, da kann man nichts machen. So ist das Leben!«

»Glauben Sie mir! Ich bitte Sie inständig! Die hat gar nichts mehr, nicht mal mehr Probleme! Lassen Sie sie doch fahren ... Sie kann nichts dafür. Wenn ein Auto entgegenkommt, zwingen die anderen sie immer stehen zu bleiben, die hetzen sie auf, sie ist längst drauf programmiert, sie macht das nicht von sich aus, das ist der Schwiegersohn, der befiehlt ihr stehen zu bleiben.«

Inzwischen haben sich ein paar weitere Frauen in Hausschlappen halblaut genähert und drängen sich, argwöhnisch um sich blickend, gegen den Multipla.

»Die kommandieren sie herum, sie hat Angst!«, wirft eine der Frauen ein.

»Weil sie unbedingt gewinnen wollen. Die sind so rechthaberisch!«, wirft eine andere ein.

Rosa mustert Samira, die den Blick erwidert und dabei immerzu nickt: Sie bewegt das Kinn im Takt zu dem Klatsch, den sie sichtlich auswendig kennt, und trällert die Leier im Stillen mit.

»Sie darf niemanden durchlassen«, erklärt eine kleine Dünne.

»Stundenlang muss sie hier in der Sonne stehen!«, sagt eine Dicke mit wogendem Busen.

Clara beobachtet konzentriert die Lippenbewegungen der Frauen und nickt wiederholt, damit niemand merkt, dass sie kein Wort von dem schnellen Reden versteht.

»Sie ist mit ihrer Tochter nach Palermo gekommen, die

hat dann Saro geheiratet. Reine Zweckehe. Was sollte sie schon mit dem Alten! Die beiden kamen ganz allein und halb verrückt hier an, sie haben sich die Augen ausgeweint.«

»Sie hat ihre Mutter da mit reingenommen, aber nach sieben Jahren ist sie gestorben, Krebs hat sie gekriegt.«

»Sie war erst dreiunddreißig. Hübsche Frau.«

»Und warum ist Signora Samira nach dem Tod ihrer Tochter nicht nach Albanien zurückgekehrt?«, erkundigt sich Clara in der Hoffnung, mit der Frage richtigzuliegen.

»Nach Albanien? Was sollte sie denn in Albanien? Dort hatte sie nichts mehr.«

»Ihr Vater hat sie missbraucht, als sie ein kleines Mädchen war.«

»Die Ärmste, sie hat so viel Schlimmes erlebt, das geht auf keine Kuhhaut!«

»Und hier hat sie auch niemanden gehabt!«, ruft eine, die noch nichts gesagt hat.

»Aber hier kriegt sie wenigstens was zu essen …«

»Fahren Sie, ist echt besser! Lassen Sie sie durch. Sie hat nicht alle Tassen im Schrank. Sie hat es wirklich schwer, glauben Sie mir!«

»Auf keinen Fall! Hier geht es ums Prinzip. Ich bewege mich nicht von hier fort«, erklärt Rosa kategorisch. »Ich musste auch emigrieren, ich komme ursprünglich aus Sizilien, und was ich durchgemacht habe geht auch auf keine Kuhhaut.«

Warum man wohl so sagt, was hat denn eine Kuhhaut damit zu tun, denkt Clara. Komische Redensart.

»Als Kind wurde ich Sturkopf genannt«, sagt Rosa weithin hörbar und malt sich schon die Gesichter der Leute aus, die ihren Spitznamen zu schätzen wissen.

»Wenn Sie von hier sind, Sturkopf, warum reden Sie dann so geschraubt daher?«

Nach dieser Bemerkung eines Typen, der forsch auf das Auto zumarschiert, weichen die Frauen zum Trupp der Männer zurück, aber die lachen sich nur schief. Es ist nichts zu wollen. Sogar die Vermittlerinnen sind mit ihrer Vermittlung gescheitert. Jetzt glaubt niemand mehr ein Blatt vor den Mund nehmen zu müssen.

»Lass die Mailänderin doch in Ruhe, sie hat recht!«

»Wir stehen morgen früh noch da, wetten?«

»Ja ja, schon gut! Jetzt löst sich gleich alles in Wohlgefallen auf …«

»Wie bitte? Hast du etwa das letzte Mal mit Mimmo Parlatore vergessen? Der arme Kerl kam erst um sechs Uhr morgens weiter.«

»Aber am Ende hat er den Platz geräumt.«

»Es ist doch jedes Mal das Gleiche! Das ist doch keine Privatstraße!«

»Die Calafiores wohnen hier. Sie sind zu Hause angekommen, sollen etwa sie den Weg freimachen?«

»Aber wie man sieht, hat es keinen Sinn!«

»Wer war denn zuerst da?«

»Keine Ahnung.«

»Dass die aber auch immer vor meiner Haustür stecken bleiben müssen!«

»Eine unendliche Geschichte …«

»Die Gasse ist alle naslang verstopft.«

»Sie sollte längst Einbahnstraße sein, das hält doch kein Mensch aus. Vor und zurück, vor und zurück, weil von beiden Seiten Autos kommen und immer irgendeins durchmuss!«

»Die Alte tut, was ihr Schwiegersohn sagt.«

»Quatsch. Die spinnt zwar, aber stur ist sie schon auch. Die hört auf überhaupt niemanden.«

»Und weil sie spinnt, hätte man ihr längst den Führerschein abnehmen müssen.«

»Allen Alten sollte man den Führerschein abnehmen.«

»Alten und Verrückten sollte man den Führerschein abnehmen.«

»Den Calafiores sollte man den Führerschein abnehmen!« Eine Stimme hat sich plötzlich aus dem vielstimmigen Palaver erhoben und beendet den Chor.

Alles blickt auf den zierlichen kleinen Mann, der auf einem Skateboard auf Saro zurollt, als handele es sich um Kreon.

»Redest du etwa mit mir?«, fragt Saro ihn belustigt und streckt den Kopf aus dem Fenster.

»Ja, mit dir!«, antwortet Mariolino 'u Piddu, auch der Depp genannt, und steigt von seinem Skateboard.

»Und wie meinst du das?«

»Du hast ganz richtig gehört. Den Calafiores gehört der Führerschein abgenommen. Und nicht nur der Führerschein!«

»Ojeojeoje! Ich mache mir gleich in die Hose! Ich hab Schiss vor dem Dreikäsehoch!«

»Sieh zu, dass du Leine ziehst, ein für alle Mal! Die

Schikanen deiner Scheißfamilie gehen mir ganz gewaltig auf den Sack!«

»Hörst du, was dein unverschämter Kumpel Mariolino von sich gibt? Natale, sei ein Mann!«, fährt Concetta auf, wobei Karim die Brustwarze aus dem Mund flutscht.

»Lass mich aussteigen, Papà«, sagt Natale mutig.

»Wo willst du denn hin? Ganz ruhig, um den kümmere ich mich«, antwortet Saro und schält sich übertrieben langsam aus dem Auto. Mühsam atmend wegen der klebrigen Hitze geht er auf Mariolino zu, packt ihn am Hemdkragen, zieht ihn zu sich her und küsst ihn nicht auf den Mund, sondern zischt: »Was hast du gesagt?«

»Scheißfamilie.«

»Wer ist eine Scheißfamilie?«

»Du, deine Kinder, deine Enkel, dieses Waschweib von Schwiegertochter, deine Schwiegermutter, diese dreckige Ausländerin, alle bis ins siebte Glied!«

»Elender Wichser, ich reiß dir die Eier ab!« Saro verpasst Mariolino überraschend einen so heftigen Kopfstoß, dass der umkippt und auf dem Hintern zwei Meter über den Boden schliddert. Sofort packen drei Jungs Saro an der Schulter, um zu verhindern, dass er seinen Gegner k. o. schlägt. Mariolino ist zwar so schmächtig, dass er eine weitere Attacke nicht überstehen würde, doch er rappelt sich hoch und geht brüllend auf Saro los. Ein Freund tritt dazwischen und hält ihn mit einer Hand fest, mit der anderen raucht er eine Zigarette.

»Wo willst du denn hin? Ganz ruhig. Du bist zu jung zum Sterben!«

»Lass mich los! Ich bring ihn um!«

»Die bringen sich um!«

Der zweite Chorgesang hebt an.

»Haltet sie fest!«

»Ja … das sagt sich so leicht. Sie sind stinksauer.«

»Sie bringen sich um!«

»Ruft die Polizei!«, schreit einer mit Brille und in schwarzem Polohemd, woraufhin augenblicklich Ruhe einkehrt. Alle, inklusive Saro und Mariolino, halten inne, wenden sich ihm zu und stellen ihn mit einem einzigen Blick, der mehr sagt als alle Worte, für seine Frechheit zur Rede.

»Was sagst du da, Vierauge?«, fragt ein großer kräftiger Mann, der zufällig neben ihm steht und sich daher zu der Frage berechtigt fühlt.

»Wir waren alle gerade ein bisschen beschäftigt und haben dich nicht gut gehört. Sagst du das bitte noch mal?«

»Ruft die …«

»Diese Hure von deiner Schwester? Wolltest du das sagen? Ja?«

»J…ja«, stottert Vierauge erschrocken.

»Prima! Du bist ja doch nicht von allen guten Geistern verlassen. Polizei! Was meine Ohren so alles hören … Vielleicht sollte ich mal zum Arzt gehen und mir das Ohrenschmalz rausspülen lassen … hahaha!«

»Wann wirst du endlich erwachsen, du Blödmann? Lass bloß die Bullen aus dem Spiel … du darfst sie nicht mal erwähnen. Das sind üble Typen. Hey! Amen!«, ruft ein anderer, haut ihm auf die Schulter und gibt ihm einen Wangenstüber, womit die Standpauke beendet ist. Der

Querulant nickt, und das allgemeine Geschrei hebt wieder an, als wäre nichts geschehen.

»Na warte, dem Dreckskerl werde ich was erzählen!« Concetta drückt Natale wütend den Säugling in den Arm, klettert über Nicolas hinweg, kippt, ohne ihre Brust wieder einzupacken, Saros Sitz nach vorn und steigt halb nackt aus. Karim weint, und Natale kriegt einen hysterischen Anfall: »Er hat noch Hunger! Komm zurück, Concetta! Gib ihm die Brust! Er will an die Brust! Gib ihm die Brust, Concetta, er will die Brust ...«

»Gib du ihm doch die Brust und lass dich bis aufs Blut aussaugen! Du bist doch das Allerletzte! Nicht mal deine Ehre verteidigst du! Das ganze Viertel zerreißt sich das Maul über mich, und du machst keine Anstalten, die Sache zu klären!«, entgegnet Concetta ihrem Mann.

Derweil gibt der Mann, der Mariolino festhält, ihm den freundschaftlichen Rat zu verschwinden, steckt die Zigarette in den Mund und wechselt die Hand.

»Lass mich los!«, ruft Mariolino zappelnd.

»Ich bring ihn um! Haltet ihn fest!«, brüllt Saro voller Zorn.

»Dass ich nicht lache! Du tust mir bestimmt nichts, du Feigling! Du kannst ja nur Frauen verprügeln. Die sind schwächer als du!«

Concetta hebt einladend ihren Rock und ruft Mariolino zu: »Komm her Depp, probier mal!«

Endlich nähert sich auch hinter Samiras Auto ein Wagen, und die kleine Menschentraube wendet erwartungsvoll den Blick dorthin. Die Schaulustigen setzen zur Entspannung der Lage ihre ganze Hoffnung auf den Neuankömmling. Doch Santo bremst zur allgemeinen Überraschung abrupt, zieht die Handbremse, steigt bei laufendem Motor aus und geht entschlossen auf die Sperre zu. Im Gänsemarsch folgen seine Schwester Suellen, deren Mann Salvatore und Santos Frau Maria Grazia mit den kreischenden Töchtern Cetty und Veronica. Die Schaulustigen, denen Santos Schweigen ärger zusetzt als das übliche Geschrei der Frauen, weichen zurück.

Ein Epilog wie aus einer griechischen Tragödie liegt in der Luft, und die Fahrer setzen sich, da sie Drive-ins bevorzugen, wieder in ihre Autos, manche schalten sogar den Scheibenwischer an, um zwecks besserer Sicht die Windschutzscheibe zu säubern. Alle, einschließlich Rosa, verriegeln die Türen.

Klappe, die erste: Santo marschiert mit drohendem Gehabe auf Mariolino 'u Piddu zu, fischt ein Klappmesser aus der Jeanstasche und rammt es ihm in die Seite. Ohne die Wunde groß zu beachten, zieht der Verletzte das Messer heraus, als ob die Szene schon x-mal gedreht worden wäre und das Messer immer im selben Loch stecken würde, und sackt dann in Zeitlupe auf die Motorhaube des Fiat Punto. Als die Kamera auf die schlauchartige, leicht abschüssige Gasse schwenkt, erfasst Rosas Netzhaut ein Detail: Ein Schild an der Begrenzungsmauer, auf dem »Via Castellana Bandiera« steht.

Es ist totenstill in dem reglosen Postkartenbild.

Die Stille dient dazu, Atem zu schöpfen, sich mit angespannten Muskeln in Startposition zu begeben, die verschiedenen und unendlich vielen Fluchtwege zu planen, konzentriert den nächsten Schritt ins Auge zu fassen. Die Stille dient dazu, Kopf und Herz mit noch mehr Stille zu füllen, sich die Stille einzuverleiben, wie einen Leerraum in Augen und Ohren einzusperren. Niemand verharrt in einer Position, alle verlagern das Gewicht mal auf das eine, mal auf das andere Bein, ewig schwankend, jederzeit zur Flucht bereit, mit kraftlosen, verstummten Fäusten und vor Angst geschlossenem Mund.

Natürlich schnellt Saro vor und stürzt sich blitzschnell auf seinen Sohn Santo, um ihn zu entwaffnen, woraufhin das Messer zwei Meter weit über die Mauer fliegt. Nicolas springt aus dem Wagen und hilft seinem Vater, den Bruder zur Räson zu bringen; die Vermittlerinnen schnappen sich mit einer Hand die kleinen Kinder und ziehen mit der anderen die Pantoffeln aus, um schneller flüchten zu können; ein paar besonders mutige Männer reißen sich Unterhemden und T-Shirts vom Leib und drängen sich um Mariolino, um mit den Kleidungsstücken das Blut zu stillen; Suellen rastet aus und zieht wie ein Marktweib über Concetta her, die mit ihrem angehobenen Rock wie betäubt dasteht.

»Du Dreckstück! Komm her, ich sag dir, wo's langgeht, wenn mein Bruder das nicht schafft! Dumme Kuh, über die Volksschule bist du ja nicht rausgekommen! Als ich dich zum ersten Mal gesehen habe, hast du noch die Treppe geputzt! Mehr ist anscheinend nicht drin! Nein! Immer noch ein billiges Lumpenweib! Du Hure! Blöde Dreckshure! Wer ist der Vater von dem Kleinen? Sag schon! Schlampe! Raus mit der Sprache! Dreckstück du!«

Suellen kann noch nicht mal Atem holen, da streckt Concetta sie schon mit einem Faustschlag ins Gesicht nieder, anschließend klettert sie ins Auto, verriegelt die Türen und legt in mütterlicher Fürsorge Karim wieder an die noch pralle Brust.

Jetzt bricht die Hölle los: Salvatore eilt zu seiner Frau, um sie wiederzubeleben, denn zu allem Übel tut sie, als hätte ihr letztes Stündlein geschlagen; Mariolino entwindet sich blutüberströmt seinen Notfallhelfern, schleppt sich zu Santo, packt dessen Kopf mit zwei Händen und schlägt ihn mit letzter Kraft gegen eine Türkante, wobei Santo die Schneidezähne einbüßt; Saro spuckt einem ins Gesicht, der Mariolino verteidigen wollte und Saro bei der Gelegenheit den Ellenbogen in die Eier gerammt hat. Die Schlägerei ufert aus. Es hagelt Ohrfeigen und Kopfstöße, es wird gespuckt, getreten und geboxt.

»Ab nach Hause, Maria Grazia!«, brüllt von oberhalb der Prügelei Filippo Mangiapane, der sich wie ein Deus ex machina vom Balkon im ersten Stock seines Hauses hinunterlässt, um möglichst schnell unten zu sein und den Kampf zu beenden. Er hat ein Mittagsschläfchen gehalten, war todmüde und hätte gern weitergeschlafen.

»Nimm die Kinder, schnapp dir deine Schwägerin Suellen und ab nach Hause!!!«, brüllt er und wirft sich ins Getümmel.

Das lässt Maria Grazia sich nicht zweimal sagen. Sie packt Schwägerin Suellen und scheucht die Kinder ins Haus der Calafiores.

Der Stau löst sich stillschweigend auf. Die Schaulustigen

auf den Balkonen ziehen sich zurück und verstecken sich hinter den Fensterläden.

Rosa hat sich vor Schreck mit Clara im Auto eingeschlossen und beobachtet die Szene wortlos. Sie ist unschlüssig, ob sie flüchten oder schnell die Polizei holen soll. Sie ist wie gelähmt: Die Leute in den Autos hinter ihnen setzen zurück, sie sind drauf und dran, sich aus dem Staub zu machen, und sie wissen, wenn sie um die nächste Ecke sind, wird keiner von ihnen es wagen, ein Sterbenswörtchen über die Angelegenheit zu verlieren.

Filippo Mangiapane, ein enger Freund der Familie Calafiore, ist eine einflussreiche Persönlichkeit im Viertel, praktisch das Herz, das dem Körper allein mit seinem Schlag die Überlebensgesetze diktiert. Ein Blick von ihm und ein paar Kopfbewegungen genügen, und schon ist alles wieder im Lot. Das Chaos legt sich, und die Raufbolde lassen im Nu von ihrer Beute ab. Filippo rät Salvatore, Mariolino unverzüglich in die Notaufnahme zu bringen, und bestellt die Frauen ein, damit sie die Straße reinigen.

»Dem Doktor erzählt ihr, dass er beim Kürbisblütenschneiden in ein Messer gestolpert ist, kapiert?« Filippo sagt es hauptsächlich zu Mariolino, der ganz blass ist, weil er viel Blut verloren hat, und nickt und mit dünner Stimme antwortet: »Ja, klar, aber wenn ich wieder da bin, bring ich ihn um, da hält mich keiner zurück.«

»Das werden wir sehen. Jetzt haut ab, bevor irgendein Idiot die Polizei ruft, los! Santo, wo ist dein Autoschlüssel?«

»Steckt. Der Motor läuft.«

»Salvatore, pack Mariolino ein und fahr los, schnell, bevor

er verblutet! Und du, Santo, geh nach Hause und lass dich die nächsten drei Tage nicht blicken!«

Vom Balkon im zweiten Stock lässt Signora Pina einen acht Meter langen Schlauch hinunter, aus dem ein starker Wasserstrahl spritzt. Vier Frauen rücken mit Besen an, und während eine den Wasserstrahl auf die Blutlache richtet, fegen die drei anderen nach Kräften, um den Fleck zu entfernen. Das blutige Rinnsal fließt die Gasse hinunter.

Rosa sieht es wie einen Todesboten auf sich zufließen.

»Das sind Wilde!«, sagt sie zitternd.

»Lass uns fahren, Rosa, bitte … Ich habe Angst«, fleht Clara mit dünner Stimme.

Santo verschwindet im Haus, während Salvatore mit Maiolino 'u Piddu, der ein weißes Tuch aus dem Fenster flattern lässt, mit quietschenden Reifen rückwärts in Richtung Krankenhaus startet.

»Was ist eigentlich passiert?«, fragt Filippo seinen alten Freund Saro.

»Das Übliche. Das Auto da ist stehen geblieben, und Samira auch. Ist doch eine gute Gelegenheit, was meinst du?«

»Hör doch endlich auf mit diesem Mist! Das ist doch keine Art, mein Freund. Du machst dir das zu leicht und sorgst nur für Chaos. Nicolas, sag Samira, sie soll Platz machen. Sofort! Immer schön höflich bleiben, mein Freund.«

»Ja ja … Glaub mir, die Mailänderin würde sich nicht mal von der Stelle rühren, wenn der Staatspräsident persönlich sie dazu auffordert.«

»Ich rede jetzt mal mit der Signorina, du wirst schon sehen, dass sie dich durchlässt, wenn ich sie freundlich bitte.«

Jemand ruft herausfordernd: »Na los, wir wollen was zu lachen haben!«

Filippo fährt herum wie ein Hund, aber anstatt zu bellen hebt er nur leicht die Stimme: »Ihr seid immer noch da? Los jetzt, wir räumen die Straße! Da gibt's nichts zu glotzen! Der Film ist zu Ende!«

Signora Pina holt den Schlauch ein, die anderen Frauen lehnen die Besen zum Trocknen verkehrt herum an die Mauer und mischen sich unter die kleine Menschenmenge, die sich gehorsam zerstreut, während Filippo entschlossen auf Rosa zugeht. Er will sie gerade bitten, das Fenster herunterzulassen, als er aus den Augenwinkeln sieht, dass Samiras Wagen gegen die Stoßstange des Multipla stößt. Der Punto ist mit ausgeschaltetem Motor auf der leicht bergab führenden Straße lautlos auf Rosas Wagen zugerollt. Concetta steigt aus und wendet sich mit großer Geste an Samira: »Wunderbar. Danke! Wir sind da! Beeil dich, Natale, mach die Tür auf!«

Ihr Mann läuft, das Baby auf dem Arm, schweißüberströmt und völlig überfordert mit gesenktem Kopf an seiner hochmütigen Frau vorbei, die niemanden eines Blickes würdigt und das Betonhaus betritt, als wäre es ein Adelspalast.

Rosa steigt aus und legt sich mit ihrem ganzen Gewicht auf die Motorhaube des Punto, woraufhin Samira reflexhaft die Türen verriegelt und den Motor anlässt.

»Fahr an den Rand, blöde Kuh! Lass mich vorbei … Kapiert?«, knurrt Rosa, die Nase gegen die Windschutzscheibe gequetscht.

Samira sieht sie zum ersten Mal von Nahem. Sie ist

schön, sinnlich, wie diese unwirklichen jungen Frauen, die ihr im Fernsehen erscheinen: Madonnen mit weißen Händen, schlanken Fingern und perfekten Zähnen und dem passenden Designerkleid für jede Gelegenheit. So hat sie sich ihre Tochter, einmal in Italien angekommen, vorgestellt. Vornehm und elegant, in einem blauen Auto, eine feine Dame, das Gesicht gegen eine Scheibe gedrückt und gewillt, sich zur Durchsetzung ihrer Ziele die Fingernägel abzubrechen und die Zähne auszubeißen. Während sie mit tränengefüllten offenen Augen träumt, empfängt Samira diesen bösen Blick wie ein Geschenk. Rosa staunt. Sie weiß nicht, was sie denken soll. Begreift nicht, warum die Alte sie voller Liebe ansieht.

Doch das Motorengeräusch des Multipla lüftet das Geheimnis, und auch ohne sich umzudrehen kommt Rosa dem Grund für das Wohlwollen auf die Spur. Samira hat gewonnen. In ihren eingefallenen Augen spiegelt sich Clara am Steuer, die zum Rückwärtsfahren ansetzt. Ganz kurz hatte Rosa geglaubt, eine alte Immigrantin und eine Kleinbürgerin könnten gemeinsam die Grenze überwinden, die den ausgestoßenen vom anständigen Menschen trennt, indem sie die Mauer des Andersseins niederreißen. So ein Schwachsinn! Zwischen den Menschen verläuft eine Barriere. Eine schreckliche, unüberwindliche Barriere. Ein Hindernis, das es ihnen verwehrt zu lieben. Um jemanden lieben zu können, der anders ist als man selbst, muss dieser Jemand im Verborgenen bleiben, das weiß Rosa nur zu gut, aus den Augen, aus dem Sinn, denn sobald er sein Gesicht zeigt …

Der Multipla setzt sich in Bewegung.

Rosa fährt herum und blitzt Clara an: »Tu's nicht!«

Aber zu spät: Das Auto fährt rückwärts. Samiras Wagen kommt ruckartig ins Rollen. Rosa stößt sich mit dem Bauch von der Motorhaube ab und rennt los, rennt so schnell sie kann, überholt den Multipla und baut sich hinter ihm auf, bereit, sich überrollen zu lassen. Clara bremst scharf, steigt aus und staucht sie zusammen: »Spinnst du jetzt total oder was?«

»Ich bewege mich nicht weg. Nicht als Erste.«

Rosa springt ins Auto und schaltet den Motor aus.

»Saro, du hattest recht! Komm mit, dann überlegen wir, was sich da machen lässt«, sagt Filippo, nachdem er den Fall nun geprüft hat, und zieht sich mit Saro zurück, um ihm ein Geschäft vorzuschlagen.

Kaum ist der Vater weg, läuft Nicolas, der sich abseits gehalten hat, zu Samira, klopft ans Seitenfenster und fordert sie gestikulierend auf, die Tür zu entriegeln. Ein schiefer Blick aus dem Profil ihres unregelmäßigen Gesichtes, dann dreht sie den Kopf zu ihm.

Nicolas blickt sie liebevoll an und ruft wieder ihren Namen. Samira erwidert den Blick. Nicolas ist der Einzige, der sie versteht. Der Einzige, der ihr mit seinen warmen Augen wohlgetan hat, wenn es besonders schlimm war. Nico 'u nico, der kleine Nico. Die Vernunft in Person. Nico beherrscht etwas im Grunde sehr Einfaches, worüber die anderen immer staunen: Er argumentiert besonnen. Und bedient sich dazu eines Mittels, das in dieser Familie niemals Wurzeln schlagen wird, schlicht weil es die Frucht von Gedanken ist, die auf den Lippen gesitteter Menschen heranreift: das Wort. Indem er neue Wörter prägt, anderen Mutmaßungen Raum lässt, dabei minutiös eine Grundlage für den eigenen Standpunkt entwickelt, glaubt Nicolas als Einziger in der Familie Calafiore, dass man die Welt verändern kann.

Das hat er seiner ungehobelten Verwandtschaft in allen möglichen Sprachen zu erklären versucht: auf Sizilianisch, auf Italienisch, mit dem bisschen Albanisch, das er von Samira gelernt hat … Keine Chance, nichts zu wollen, sein Vater betrachtet Nicolas' Haaransatz und lässt ihn reden, dann wendet er sich ab, als wäre er einem Marsmenschen begegnet, und wirft im Weggehen die Bemerkung hin, die Nicolas am allermeisten verletzt: »Na ja.«

Inzwischen redet Nico weniger, er behält seinen inneren Dialog für sich und glaubt fest daran, dass ihm eines Tages etwas Greifbares recht geben wird. Lächelnd, aber entschieden drückt er den Zeigefinger in Höhe des Verriegelungsknopfes ans Fenster. Samira blickt auf den Zeigefinger ihres Quasi-Enkels, deutet ein Lächeln an und legt ihren Finger dagegen.

»Der Knopf … Sasà …« Sinnlich skandieren Nicos Lippen die flehende Bitte. »Mach-ihn-auf!«

Nach kurzem Zögern spannt Samira die Lippen, schließt halb die Lider und lächelt. Sie braucht gar nicht streng mit ihm zu tun, jeder weiß, dass sie ihn liebt. Kaum ist der Knopf oben, öffnet Nicolas die Tür, küsst Samira auf die Stirn und drückt sie sanft in Richtung des Beifahrersitzes.

»Rutsch mal, wir lassen sie jetzt durch.«

Samira nickt, aber sie kann sich nicht bewegen. Ihre Astfinger halten sie am Lenkrad fest, als wären ihr aus den Hautporen kleine Zünglein mit Saugnäpfen gewachsen.

»Nicolas, hierher! Sofort!«, brüllt Saro seinen Sohn an, als er, seinen Freund untergehakt, die Gasse wieder hochläuft. Nico lässt Samira sitzen und geht widerstrebend zu dem Multipla, wo der Vater und Filippo mit gedämpfter Stimme auf Clara einreden.

Rosa sitzt bei eingeschalteter Klimaanlage im Auto und weigert sich, auch nur ein Wort mit diesen Berserkern zu wechseln. Clara, die den beiden hoch konzentriert lauscht, weil sie kein Wort versteht, klopft irgendwann ans Seitenfenster und drängt Rosa erregt aufzumachen.

»Signorina, bitte verzeihen Sie!«, dröhnt Saro, kaum dass sich das Fenster öffnet, und reicht Rosa, die keine Miene verzieht, ritterlich die Hand.

»Es tut mir furchtbar leid wegen vorhin, aber Sie müssen mich verstehen … In meiner Familie herrscht Krieg, aus Gründen, die aufzuzählen jetzt zu weit führen würde. Sie können sich gar nicht vorstellen, wie schwer ich es habe. Meine Schwiegermutter ist ein harter Brocken und bringt mich manchmal echt auf die Palme. Und am Ende zoffe ich mich immer mit irgendwelchen Fremden. Ich rege mich dermaßen auf, dass ich ausraste. Sie ist nicht ganz richtig im Kopf und kann überhaupt nicht Auto fahren. Aber was soll ich machen, meinem Sohn Natale haben sie den Führerschein abgenommen, Nicolas ist minderjährig, und ich habe den grauen Star und sehe nicht gut … Sie ist die Einzige, die fahren kann! Bloß wenn sie sich in was verrennt, kann nicht mal ich sie davon abbringen, glauben Sie mir. Sie ist stur. Nicolas! Sag du Samira, sie soll Platz machen, auf dich hört sie wenigstens. Dann kann die Signorina vorbei, los!« Saro sieht seinen Sohn mit reuigem Hundeblick an.

Nicolas ist zur Salzsäule erstarrt. Dass sich der Vater von einer Frau etwas sagen lässt … Es geschehen noch Zeichen und Wunder … ein Segen … nicht zu fassen …

»Schau nicht so blöd!«, sagt Filippo, der Nicos Gedanken liest. »Los, steh hier nicht rum wie ein Trottel, sondern tu, was dein Vater sagt!«

»Ich ziehe mich zurück, Signorina. Bitte entschuldigen Sie vielmals!«, fängt Saro wieder an, fast zum Kratzfuß gebeugt. »Es war ein harter Tag, ich bin todmüde. Auf Wiedersehen und gute Fahrt!«

»Leben Sie wohl!«, flüstert Rosa erfreut, aber auch leicht argwöhnisch, und dreht den Zündschlüssel.

»Was ist jenseits der Mauer?«, fragt Clara Nicolas unvermittelt.

»Nichts, Felder«, antwortet Nicolas prompt. Clara lächelt ihn an, als sie ins Auto einsteigt, und Nico kriegt weiche Knie. Er spürt eine Erregung, die ganz anders ist als bei einem Fußballspiel oder wenn er bei der Jagd auf Meerbrassen wieder auftaucht, ganz anders. Nico schmilzt dahin, er sieht Clara an, und sein Herz schlägt Kapriolen.

Rosa ist das kurze Gespräch nicht entgangen, und als sie verlegen woanders hinsieht, zieht etwas an ihr. Sie öffnet die Tür in der Absicht, den Saum ihres Kleides zu befreien, der im Türschloss hängen geblieben ist. Sie will das Kleid nicht ruinieren, es ist ein Designerteil. Ferré. Doch dann reißt sie mit einer Mordswut an dem Organzastoff.

»Ach, Nicolas, ich habe mein Handy vergessen!«, sagt Saro, seinen Sohn ablenkend, als er hinter ihm her auf den Punto zutrippelt.

Er gibt vor, im Handschuhfach zu wühlen, dann nimmt er Nicolas beiseite und flüstert ihm, während er auf das Handy deutet, ins Ohr: »Geh zu Domenico Geraci, er soll an beiden Enden der Straße sofort Baustellenschilder aufstellen, damit keiner mehr reinfährt, dann kommst du schnell wieder her, setzt dich ins Auto und gibst auf die Alte acht! Sie darf sich unter keinen Umständen vom Fleck rühren, klar?«

»Ach Papà, muss das denn schon wieder sein?«

»Kein Sterbenswörtchen! Hör zu. Du sorgst dafür, dass sie stehen bleibt, und wenn sie sich aus irgendeinem blöden Grund wegbewegt, reiß ich dir den Kopf ab und tanze darauf herum! Na?«

Resigniert befolgt Nicolas die Anweisungen des Vaters. Saro kehrt mit Filippo ins Haus zurück, gleichzeitig verlassen die Frauen ihren Posten hinter den Fensterläden und gehen kochen. Die Straße ist halb leer.

»Worauf wartet sie? Warum fährt sie nicht?«, schnaubt Rosa, den Blick auf den Punto geheftet.

»Wie spät ist es?«, fragt Clara mutlos.

»Viertel nach sieben.«

»Und wo fahren wir jetzt hin?«

»Ich bringe dich ins Hotel.«

»Und was machst du?«

»Ich weiß nicht. Ich nehme den letzten Flug nach Mailand und lasse dir das Auto da, dann kannst du Palermo und Umgebung noch ein bisschen erkunden.«

»Vielleicht ist es wirklich besser so, Rosa. Eine Pause wird uns guttun …«

Nicolas kommt im Laufschritt zurück, schlüpft rasch in den Punto und gesteht Samira keuchend: »Wenn du wegfährst, bringt mein Vater mich um.«

Samira schaltet den Motor ab. Rosa tut es ihr automatisch nach.

2

Die Familie Calafiore

Rosario Calafiore, genannt Saro, hat trotz seiner gut fünfundsiebzig Jahre die Energie eines Vierzigjährigen: Er gestikuliert, schreit herum, intrigiert und treibt seine Spielchen mit dem Herzen eines Bisons und dem Hirn einer Maus. Er ist ein waschechter Palermitaner, wie es sie zuhauf gibt, der typische derbe und korrupte, gleichzeitig aber geniale Palermitaner. Diese genialen Typen verstehen sich bestens darauf, ihre kleinen Geschäfte zu betreiben, sie lavieren sich überall durch, ohne jemals klar Position zu beziehen, und halten so in allen Töpfen ihr Süppchen am Köcheln.

Saro kümmert es nicht im Geringsten, wenn die anderen ihn kritisieren. Sein Motto lautet: »Immer schön alles mitnehmen.«

Seine dunklen, ziemlich kleinen und eng stehenden Augen unter dem Schutz einer einzigen dichten Augenbraue, die zur Nasenwurzel hin eine Kurve macht, haben einen scheinbar vagen Blick, dabei brütet er ständig über einer Idee, die jederzeit geboren werden kann. Saro wittert immer und überall die Gelegenheit, Geld zu machen. Geld ist das Ideal, in dem sein Leben begründet liegt, und die Angst, es zu verlieren oder nicht genug davon zu haben, treibt ihm den kalten Schweiß auf die Stirn. Dass er so reizbar ist, rührt von dem scheußlichen nagenden Gefühl, der fiese Verräter, der sich bestimmt über kurz oder lang sein Geld unter den Nagel reißt, könnte schon ganz nah sein, sogar im eigenen Haus. Saro wacht mitten in der Nacht mit dieser Zwangsvorstellung auf, und der Argwohn treibt ihn dermaßen um, dass er ganze Tage damit zubringt, Indizien und Anzeichen für den vermuteten Feind auszumachen. Während er, Gesten und Wörter aufeinander abstimmend, fuchtelt und redet, weicht sein beweglicher, unverfrorener Blick allem aus, als würde er sich von seinem Gemütszustand abkoppeln. Seine Augen suchen das Böse. Überall. Es lauert, ganz unspektakulär, im Haus, an einer Straßenecke, hinter der Tür. Es verfolgt ihn. So sehr, dass Saros Augen auch in den seltenen frohen Momenten schwermütig bleiben, und dann zeugen sie von einem Restchen Milde, das auf dem Grund seines Herzens vor sich hinmodert. Kein Mensch weiß, was er denkt, und wie der Sünder, an dem Gewissensbisse nagen, sich scherzhaft über seine Sünde auslässt, macht sich Saro bei der Suche nach seinem Seelenfrieden und seinem Rivalen zum eigenen Feind.

Die Familie Calafiore ist eine Welt, eine Zeit, ein Schmerz. Sie ist eine Krankheit, in mancherlei Hinsicht ein psychologisches Traktat, in dem alles über die Beziehung zwischen einem Vater und seinen Sprösslingen steht. Man kann sich leicht vorstellen, wie ein Saro Calafiore seine Kinder erzogen hat. Immer misstrauisch und feindselig, wirft er ihnen vor, dass er sie aushalten muss, er betrachtet sie als minderwertige Nichtsnutze und nährt auf diese Weise einen unaufhörlichen Familienkrieg, dessen Echo im ganzen Viertel widerhallt. Besonders die Söhne, die zudem unter der Abwesenheit der anderweitig beschäftigten Mutter gelitten haben, sind komplexbeladen aufgewachsen und haben von klein auf einen finsteren, verschlossenen Charakter entwickelt, der mit Schüchternheit nichts zu tun hat und ausschließlich von der väterlichen Erziehung herrührt. Das ganze Leben war Saro Calafiore damit beschäftigt, ihnen eine der Säulen der Familie zu verweigern: das Vertrauen.

Seine erste Frau war eine gute Partie, hübsch, aber ein bisschen schwer von Begriff, mit vorstehenden Knochen und langen Beinen. Sie hieß Maria Lambretta, hatte Volksschulbildung und eine beachtliche Mitgift, zu der auch das Haus in der Via Castellana Bandiera gehörte. Saro taugte zu gar nichts, als er sie eines Augustmorgens am Arm der Schwester in der Nähe des alten Thermalbades spazieren gehen sah. Er erfuhr von seinen Informanten, dass Maria hoffnungslos romantisch war und Seifenopern liebte, woraufhin er sie raubte und ihr weismachte, er sei ein reicher Adliger und werde von seinem Vater enterbt, wenn er sie heirate.

Er versteckte sie drei Tage und drei Nächte im Stall seines Onkels Totò und behauptete, sie befinde sich in den Pferdeställen des Palastes. Frucht der Flucht aus Liebe war Santo, der Erstgeborene, nebst einer überstürzten Mussehe in der kleinen Kirche Maria Santissima Della Lettera.

Als Maria die Wahrheit erfuhr und von ihrem Vater enteignet wurde – sie, nicht er! –, zog sie sich von der Welt zurück und verbrachte den Rest ihres Lebens mit *Beautiful* vor dem Fernseher. Wenn Saro sie bestieg, positionierte sie sich stets so, dass ihr auch während des Beischlafs kein Blick, kein Wort und keine Geste ihrer geliebten Helden entging. Wie gern hätte sie ihre Kinder mit ebensolchen Schicksalen versorgt und nach diesen von Liebe und Leid heimgesuchten Menschen benannt, doch ihr gottesfürchtiger Ehemann erlaubte ihr nur bei den beiden Letztgeborenen die Namensgebung. Maria empfing siebzehn Kinder. Sieben waren Fehlgeburten, fünf waren Totgeburten, fünf überlebten: Santo, Felice, Natale, Nicolas und Suellen.

Mit neunundfünfzig rief der Herr sie zu sich, sie erlag einer Krankheit, die außer der Lunge auch das Hirn fraß. Solange sie krank war, verbot sie jedem strikt, die Fernbedienung anzufassen, die sie wie ihren Augapfel unter der Bettdecke hütete. Als eines Morgens – sie lag mit Sauerstoffmaske im Gesicht zusammengekauert auf der Seite – jemand den Fernseher ausschaltete, war es, als ob man ihr das Atemgerät abgestellt hätte. Zehn Sekunden später tat sie den letzten Atemzug, nicht mal die letzte Ölung wartete sie ab.

Nach vier Jahren holte Saro Thana von der Straße und heiratete sie. Die junge Albanerin, die gescheit, brav und bärenstark war, übernahm den Haushalt und lernte sehr bald den palermitanischen Dialekt. Sie war die Einzige, die Saro mochte und sich seiner erbarmte, und sei es nur aus Dankbarkeit, weil er sie gerettet hatte. Sie bekam keine Kinder, aber sie liebte Saros Kinder, als wären es ihre eigenen. Mit der Mutter an der Seite achtete sie darauf, dass das Geld reichte, sie wusch, bügelte, kochte, wischte jeden

Tag das ganze Haus und die Gasse vor der Haustür, bezahlte Nebenkosten und Strafzettel, kaufte für die ganze Familie ein, kümmerte sich um den kleinen Nicolas, versuchte den Dauerstreit zwischen Vater und Kindern zu schlichten, dachte an Fälliges, Gedenktage, Namenstage, Geburtstage, ließ großzügig die Avancen ihres alten Ehemannes über sich ergehen und jammerte in sieben Jahren nur ein einziges Mal, nämlich als sie zehn Minuten vor ihrem Tod glaubte, ein Messer bohre sich in ihre Eingeweide und schnitte sie entzwei. Da sank sie in die Arme ihrer Mutter, die wie ein Kind schluchzte. Der Krebs, zu spät entdeckt, hatte innerhalb von zwei Monaten ihre Knochen zernagt, und es war gar nicht daran zu denken, sie ins Krankenhaus zu bringen. Sie trat um sich und schrie wie besessen, noch dazu auf Albanisch, so dass nur die Mutter sie verstand. Der ärztliche Beistand beschränkte sich auf das Verabreichen der notwendigen Dosis Morphium, das nicht nur die Schmerzen linderte, sondern auch die maßlose Lebenskraft dämpfte, mit der sie bis zum Tod gegen die Krankheit rebellierte. Zwar half ihr die Schmerztherapie sanft in den ewigen Schlaf hinüber, doch eigentlich war Thana nicht bereit zu sterben. Während der Totenwache schaute niemand sie an, aus Angst, sie würde sich bewegen. Sowohl Saro wie Samira glaubten felsenfest, dass sie nur scheintot war und warteten lange auf ihre Auferstehung. Thana wurde neben Maria in der Gruft der Familien Lambretta und Calafiore auf dem Cimitero dei Rotoli bestattet.

Seit Thanas Tod vor acht Jahren hat sich in der Via Castellana Bandiera 25 wenig verändert, mal abgesehen von ein paar Geburten und einem Schwarzbau für Santo und dessen Familie auf der Terrasse. Mehr Platz und die Aussicht auf weniger Gezänk hatten Saro bewogen, sich in Unkosten zu stürzen, wobei er Santo von morgens bis abends Vorhaltungen wegen der Materialkosten machte. Die Wohnung kostete den Vater, der keinen Arbeitslohn zu zahlen brauchte, nur zweitausend Euro, denn Santo hat die Mauern selbst hochgezogen; er ist Maurer, hat gut zu tun und hätte genug Geld um selbst zu bauen. Aber Saro will nicht, dass seine Kinder sich zu Hausherren mausern, und damit er ihnen weiterhin ihr Schmarotzerdasein unter seinem Dach vorhalten kann, sorgt er dafür, dass sie keinen Centesimo investieren. Das wurmt Santo. Aber er bleibt. Er ist ja nicht blöd. Der Alte lebt nicht ewig, und wenn es ans Erben geht, wird es keine Diskussion darüber geben, wer entsprechende Vorrechte genießt, weil er einen Teil des Hauses belegt und, solange es Gott gefällt, belegen wird.

Nur Felice, der zweite Sohn, hält sich aus dem Familiengezänk heraus, er lebt seit fast zehn Jahren in Roccapalumba und bewirtschaftet das kleine Stück Land, das seiner Frau gehört. Er liebt Assunta, mit der er keine Kinder hat, abgöttisch.

Santo und Felice sind sich nicht grün, sie haben auch keinerlei Familienähnlichkeit. Im Gegensatz zu Santo, der kräftig gebaut ist und vor Gesundheit strotzt, hat Felice immer schon kränklich gewirkt, seine Augen sind voll von etwas Grämlichem, Traurigem, als würde ihm von einem Moment auf den anderen ein Unglück widerfahren. Zum Beispiel, dass seine Frau mit einem anderen ins Bett geht.

Felice ist eifersüchtig. Irrsinnig eifersüchtig. Auf Santo. Auf seine Brüder. Auf seinen Vater. Auf seinen eigenen Schatten. Wie ein Hund zerreißt die Eifersucht ihm Herz und Leber. Und obwohl er sich aufs Land zurückgezogen hat und seine Frau zu ihrem abgeschiedenen Leben zwingt, hat die quälende Leidenschaft nie nachgelassen. Manchmal wacht er nachts auf, weil ein regelmäßig wiederkehrender Traum ihn umtreibt: Santos derbe Hände streichen den weichen Leib seiner Frau mit Putz ein und schmieren die Pampe in alle nur erdenklichen Körperöffnungen. Assunta lässt sich genüsslich einbetonieren, bis sie zu einer Statue verhärtet.

Felice nimmt seine Frau nur zu seiner Familie mit, wenn es sich gar nicht vermeiden lässt, also Weihnachten, Ostern und Allerheiligen. In den paar Minuten des Aufenthalts leidet er Qualen.

Santo nennt Assunta absichtlich »meine kleine Schwägerin« und überhäuft sie mit Komplimenten, während sein Blick in jeder Atempause auf ihr Dekolleté gleitet. Und Felice leidet, leidet Todesqualen …

Santo ist ein Bild von einem Mann. Direkt und sinnlich. Mit einem derart hungrigen Blick, dass die Frauen, mit denen er sich hin und wieder heimlich trifft, ihm ohnmächtig in die Arme sinken und ihm freie Hand lassen.

Gottlob ist Maria Grazia voll der Gnade und glaubt gleichermaßen hingebungsvoll an Gott wie an ihren Mann, und sie käme im Leben nicht darauf, an ihrem Glauben zu zweifeln. Für sie geschieht das Wunder allabendlich, wenn sie zu ihm ins Bett geschlüpft ist, sich bekreuzigt und unter dem Vorwand, damit den Versuchungen des Teufels zu widerstehen, sich mehr als einmal und in allen erdenklichen Positionen von ihrem heiligen Santo segnen lässt.

Maria Grazia ist im ganzen Viertel die Frau mit dem schönsten Oberkörper. Ihre obere Hälfte, also Kopf, Hals, Schultern, Brüste und Bauch, ist vollkommen und wohlproportioniert. Und steht in vollkommenem Missklang zur unteren Hälfte mit den breiten Hüften und dem formlosen Hintern.

Maria Grazia hat Santo nicht nur die kleine Firma des Vaters beschert, sie erfüllt nicht nur voll und ganz ihre ehelichen Pflichten, sie hat ihm auch vier Töchter geschenkt, die von der Hüfte abwärts ganz die Mutter sind.

Es ist nicht klar, ob Maria Grazias breite Hüften und der formlose Hintern von den Schwangerschaften herrühren, die Frauen bekanntlich aus dem Leim gehen lassen, oder ob die oben wohlproportionierten, nach unten hin absinkenden Kurven als Chromosom in ihrer DNA sitzen. Zweitere Mutmaßung scheint, nachdem die heranwachsenden Töchter diese Merkmale geerbt haben, eher plausibel. Von hinten sind sie nicht zu unterscheiden. Alle fünf, Mutter und Töchter, sind von hinten gleich, vor allem wenn sie Stretchjeans tragen, in denen ihre Oberschenkel wie dicke Würste bandagiert sind.

Nach wüsten Streitereien und diversen Mordversuchen ist Santo mit seiner Familie vor fast zwei Jahren ins oberste Stockwerk gezogen. In der ersten Etage leben weiterhin Saro, Samira, Nicolas, Natale mit Familie und Suellen mit ihrem Mann. Im Erdgeschoss befindet sich ein Lagerraum, den niemand betreten darf. Dort lagert Saro Kichererbsen und Kürbiskerne und wer weiß was sonst noch. Es ist ein geheimnisumwitterter Ort. Saro hat, so wird behauptet, schon Etliches hineinverfrachtet: Motoren, Computer, Fischkisten, Zigaretten, DVDs, eine Karre sowie zwei Esel, die noch drin sein müssten, denn niemand hat sie je wieder hinausgehen sehen und manchmal hört man sie schreien.

Die Calafiores sind eigenartige Leute. Im Viertel kursieren alle möglichen Geschichten über sie. So ist in aller Munde, dass Karim, Concettas Jüngster, nicht von Natale, sondern von Mariolino dem Deppen stammt. Concetta verwahrt sich entschieden gegen den Klatsch und baut sich zum Beweis, dass ihr Sohn ein Calafiore ist, allmorgendlich gleich nach dem ersten Hahnenschrei vor Mariolinos Haus auf, beschimpft ihn aufs Übelste und wünscht ihm den Tod an den Hals.

Mariolino würde seinen Sohn gern anerkennen, und sein Anwalt hat schon mehrmals einen Sozialarbeiter geschickt, der Natale und Concetta befragt und die Familienverhältnisse, in denen der Kleine lebt, geprüft hat. Doch während Concetta sich für ihr Leben gern herumstreitet, sucht Natale, der Labilste in der Familie, das Weite. Er hat keinerlei Ambitionen. Er steht unter der Fuchtel seiner Frau, mit der er seit elf Jahren verheiratet ist, und seines Vaters, für den er von Kindesbeinen an arbeitet, und befindet sich in einem Zustand chronischer Depression. Tagsüber stopft er sich mit Beruhigungspillen voll, und abends besäuft er sich. Er hat schon lange keinen Führerschein mehr, weil er wegen Trunkenheit am Steuer Punkte verloren hat. Er ist einunddreißig und hat mit Concetta drei Kinder, zwei sicher von ihm und eines vielleicht: Rosario ist elf, Jennifer sieben, Karim liegt noch in den Windeln.

Die Einzige in der Familie, mit der Natale offen redet und bei der er sich wie ein Teenager ausheult, ist Suellen, die fünfundzwanzigjährige Schwester, die mütterlich und verständnisvoll ist und ihre Schwägerin Concetta umbringen würde, wenn sie dürfte. Suellen erwartet ihr erstes Kind und lebt mit dem arbeitslosen Salvatore Cusimano ebenfalls im Haus.

Die Calafiores hassen einander. Alle. Aus ganz unterschiedlichen Gründen. Doch um nichts in der Welt würden sie sich trennen. Träge und resigniert, an den nekrotischen Zustand jeder Freude gewöhnt, verbringen sie ihr Leben in dem weichen, unförmigen Bauch, den zu verlassen ihnen immer schwerer fällt: dem Haus.

In dem Betonbau mit seinen stets verschlossenen Fenstern und Türen lebt jeder mit seiner Familie in einem Zimmer wie in einer Pension. Die Einrichtung stammt aus den siebziger Jahren, in Bad und Küche stehen ein paar kleine Schränke aus Pressspan.

Bis eine Handbreit unter die Zwischendecke erstreckt sich, kolossal und wuchtig, die verstaubte, zerkratzte, schwarz lackierte, alles dominierende Schrankwand. Die Tapete, die sich an mehreren Stellen löst und vergilbt ist, ziert auf halber Höhe eine Bordüre mit Blümchen-, respektive Mäandermuster.

Die Luft ist dick, es riecht nach abgestandenem Rauch und stinkt in Klonähe nach Scheiße. Die Familienmitglieder vermeiden tunlichst jede Begegnung. Ein Zeitplan regelt, wer wann kocht, ins Bad geht, abwäscht oder aufräumt. Sie treffen sich eher im Supermarkt in der Via Ammiraglio Rizzo (und tun diese seltenen Male, als sähen sie sich nicht) als zu Hause im Flur. Alle nehmen ihre Mahlzeiten im eigenen Zimmer ein, außer Saro, der allein im Esszimmer speist, wo ihm Samira als dienstbarer Geist zur Verfügung steht.

Die Wohnung ist bisweilen so still, dass sie unbewohnt wirkt. Vom Eingang erstreckt sich ein langer schmaler Flur mit zehn fast immer abgeschlossenen Türen, die in vier Schlafzimmer, ein aus zwei Räumen bestehendes Wohnzimmer, eine als Wohn- und Esszimmer genutzte Veranda, die Küche und eine Kammer führen. Im ersten Zimmer wohnen Suellen und ihr Mann; im zweiten Saro; die beiden Räume des Wohnzimmers, in denen bis vor Kurzem Santo mit seiner Familie hauste, sind derzeit unbewohnt (die falschen Louis-seize-Sofas sind mit weißen Laken abgedeckt); im dritten Zimmer schlafen Nicolas und Samira; und ins letzte, das am weitesten entfernte, sind Concetta, Natale und die drei Kinder verbannt. Krieg bricht gewöhnlich im Flur aus, und zwar meistens, weil Suellen zu kreischen anfängt, wenn ihr verhängnisvollerweise Concetta über den Weg läuft. Dann kommen hintereinander Männer, Frauen, Alte, Kinder aus allen Ecken und stimmen in das Gezänk ein. Die beiden Schwägerinnen können sich auf den Tod nicht ausstehen und giften sich wegen jeder Kleinigkeit an. Seit Santo mit Maria Grazia, Suellens Verbündeter, ins obere Stockwerk gezogen ist, streiten die Frauen nicht mehr so oft.

*

Auch an diesem Abend hält man sich an den Zeitplan. Filippo ist nach den gescheiterten Verhandlungen mit Rosa be seinem alten Freund Saro zu Gast. Bis ins Esszimmer dröhnt es töpfescheppernd aus der Küche, wo Concetta für Mann und Kinder das Abendessen kocht. Sie weiß, dass nach ihr Suellen dran ist, und hinterlässt überall Spuren: Hackfleischsauce spritzt aus der Pfanne ohne Deckel, Wasser sprudelt aus dem Topf, in dem ein kolossaler Blumenkohl kocht, und fließt in die kleinen Löcher, durch die das Gas ausströmt, auf der Arbeitsfläche aus Marmor häufen sich Karotten-, Zwiebel- und Knoblauchschalen, Selleriereste und Hackfleischklümpchen. Samira ist nicht da, also wird Suellen sauber machen müssen, nachdem sie für ihren Vater und für Filippo gekocht hat.

»Der Depp soll sich zusammenreißen, sonst kann er was erleben, das musst du Mariolino sagen, ja?«, grummelt Santo mit gesenktem Kopf, die Hände auf dem Tisch verschränkt.

»Lass ihn, mach keinen Ärger! Morgen schicke ich Vinicio Ingrassia vorbei, dann macht er keinen Fehler mehr, da kannst du Gift drauf nehmen«, antwortet Filippo und nimmt den Mund voll, als er den Namen ausspricht. Filippo hat mit seinen Kontakten und dem Austausch von Gefälligkeiten mit den richtigen Leuten dafür gesorgt, dass Vinicio Ingrassia aus dem Knast kommt, und im Gegenzug dessen Protektion erhalten. Vinicio löst seine Probleme, egal ob sie klein oder groß sind.

»Dieser Kotzbrocken von Mariolino soll sich verpissen, sonst mach ich Hackfleisch aus ihm«, fügt Saro hinzu.

»Reg dich ab, mein Lieber. Morgen ist das Problem erledigt. Wenn dein Schwiegersohn Salvatore nachher kommt, erfahren wir Abteilung und Zimmernummer im Krankenhaus, und morgen früh um sieben serviert Vinicio ihm das Frühstück.«

Filippo hat die gleiche Statur wie Saro, er muss sich nicht auf die Zehenspitzen stellen oder den Kopf senken, wenn er ihm etwas ins Ohr sagen will. Sein Mund scheint passgenau für das Ohr des Freundes gemacht, und umgekehrt ebenso. Saro und Filippo haben immer was zu mauscheln. Sie ergänzen sich. Fahren zusammen auf einem Gleis, aneinandergekoppelt wie zwei Eurostar-Waggons. Filippo Mangiapane ist der Einzige, dem Saro vertraut. Er hat ihm schon oft aus der Patsche geholfen. Und er hat ihn schon oft bei seinen Geschäften mitmachen lassen, damit er auch seinen Spaß hat. Saro ist Filippo dankbar, denn wenn er nur mit seinen Kichererbsen und Kürbiskernen über die Runden kommen müsste, dann gute Nacht! Er könnte sich kein Auto leisten ... keine Zigaretten ... Hungerleider wären sie, er und die fünf Nichtsnutze von Sprösslingen samt Kind und Kegel.

»Aber im Ernst. Erklär deinem Sohn, was er zu tun hat!«, sagt Filippo zu seinem Freund, ihm alles Weitere überlassend.

»Was gibt es heute Abend bei euch zu essen, Santo?«

»Überbackene Pasta.«

»Mmh! Die macht niemand so gut wie Maria Grazia ... überbackene Pasta ... Sag deiner Frau, sobald sie das Essen aus dem Ofen holt, soll sie mit der heißen duftenden Reine runterkommen und Nicolas und Samira ein bisschen was geben und dann soll sie den beiden kleinen Schlampen in ihrem Multipla auch was anbieten.«

»Was bezweckst du denn damit, Papà?«

»Wenn die Mailänderin morgen früh immer noch dasteht, haben wir was zu lachen. Aber wir müssen ihr behilflich sein, Santo, es darf ihr an nichts fehlen. Sie soll ein bisschen Glück im Unglück haben. Wenn du tust, was ich sage, kriegst du auch ein hübsches Stück vom Kuchen, aber kein Wort zu irgendwem! Es gibt nicht genug für alle.«

»Und wie wollt ihr es diesmal machen?«

»Hat doch jeder gesehen, wie stur sie ist …«

»Und?«

»Das ganze Viertel weiß, dass Samira in der Beziehung auch nicht von schlechten Eltern ist, oder?«

»Stimmt.«

»Solange ich nichts sage, rührt sich die Alte nicht von der Stelle …«

»Solange du nichts sagst, rührt sie sich nicht von der Stelle …«

»Die Mailänderin darf sich eben auch nicht wegrühren, kapiert? Wenn sie sich wohlfühlt und nicht nachgibt, machen wir Kohle.«

»Wer ist mit von der Partie?«

»Ich, Filippo, du und Domenico Geraci, der hat die Straße schon gesperrt. Wir können ungestört arbeiten.«

»Lass die Finger davon, Papà! Die ist zu fein, die verbringt keine Nacht im Auto.«

»Sag du was, Filippo! Meine Kinder verstehen mich nicht.

Vielleicht weil ich ihnen nie was richtig erklären konnte, als sie klein waren …«

Saro, Santo und Filippo sitzen in der eternitüberdachten Veranda an dem Tisch mit dem ausgeblichenen weiß-gelb karierten Wachstuch, und Filippo erklärt den Plan: Sie wollen, allerdings als abgekartetes Spiel, die übliche illegale Wette veranstalten, an der sich alle Bewohner des Viertels beteiligen. Jeder weiß, dass die alte Albanerin öfter andere Autos nicht durchlässt und dass deren Fahrer nach einer Weile aufgeben und den Rückzug antreten. Für großen Wirbel hat ein Fall, längst Legende geworden, im vergangenen Jahr gesorgt. Samira weigerte sich die ganze Nacht, den Wagen der Familie Parlatore mit Mimmo am Steuer durchzulassen. Im Morgengrauen gab Signor Mimmo erschöpft auf. Der Spitzname »Herrin der Via Castellana«, den Samira seitdem im Viertel trägt, bezeugt ihren Starrsinn gegenüber jedem Widersacher.

Samiras verlässlichen Ruf und Rosas Zähigkeit ausnutzend, wollte Filippo am nächsten Morgen eine Wette auf Rosa riskieren, denn er rechnete fest damit, dass jeder auf Samira setzte. Saro als Filippos Komplize würde die Wette eröffnen und auf Samira setzen. Spitzte sich das Kräftemessen zwischen den beiden Frauen zu, könnte das Geschäft Früchte tragen: Sobald möglichst viele Leute auf Samira tippten und der Einsatz, mindestens hundert Euro, eingesammelt war, würde Saro für einen erfolgreichen Abschluss des Geschäfts – und darin lag der Betrug – Samira befehlen, Rosa den Vortritt zu lassen und somit das Duell zu verlieren. Sie bräuchten sich die Beute nur noch zu teilen.

Der Plan ist perfekt, doch obwohl Filippo und der Vater zuversichtlich sind, wirkt Santo skeptisch: Rosa würde bestimmt vorzeitig aufgeben.

Sie zucken zusammen, als es an der Tür klingelt.

Santo saust ans Fenster, das auf die Via Castellana Bandiera geht, und sieht, dass sein Auto hinter Samira steht.

»Sollen wir Salvatore einweihen, Papà?«

»Dann sind wir zu viele!«

»Aber er könnte uns helfen, die Einsätze einzusammeln. Das schaffen wir nicht allein, wenn die morgen früh immer noch dasteht, müssen wir uns beeilen … Je früher wir anfangen, desto eher sind wir fertig …«

»Mach ihm auf, er soll raufkommen, hast schon recht.«

Santo geht durchs Esszimmer und schließt die Tür hinter sich. Von draußen ist Hundegekläff zu hören.

»Irgendwann vergifte ich sie noch mal, diese Scheiß-Straßenköter!« Saro steht auf, tritt ans Fenster und legt, die Augen zu schmalen Schlitzen zusammengekniffen, den Kopf in den Nacken: »Wie kann man bloß so stur sein! Und wenn die Welt untergeht, die wird sich nicht rühren! Komm doch mal, Filì, sehe ich das richtig? Sitzt die Mailänderin allein im Auto?«

Filippo tritt ans Fenster.

»Stimmt! Ihre Freundin ist nicht da. Und Samira ist auch allein. Dein Sohn Nicolas ist abgängig.«

»Was redest du da?«

»Es stimmt!«

»Ich habe ihm eingebläut, dass er sie nicht allein lassen darf! Volltrottel!«

»Macht nichts, Saro, deine Schwiegermutter kann nicht weg, hinter ihr steht Santos Auto. Alles unter Kontrolle, keine Sorge. Wir überwachen sie von hier aus. Apropos, was gibt es zum Abendessen?«

»Schwarze Tintenfisch-Spaghetti.«

3

Dunkler als zu Mitternacht kann's nicht werden

Rosa schreckt in ihrer Mailänder Mansardenwohnung aus dem Schlaf hoch, weil draußen etwas ihre Aufmerksamkeit erregt hat. Sie greift in den roten Vorhang, der das schmale Fensterband direkt über dem Bett verdunkelt, und lauscht. Nichts. Es ist alles still. Sie wartet. Überlegt, ob sie sich wieder hinlegen und weiterschlafen soll. Sie legt sich auf den Rücken. Richtet sich wieder auf. Hitzewellen steigen ihr in den Kopf. Sie gibt sich einen Ruck. Ihr schwant nichts Gutes, als sie den Vorhang beiseite schiebt. Und dann erschauert sie: Ein schmales Sträßchen wuselt von Menschen mit großen schwarzen Regenschirmen, die alle gleich aussehen. Dabei regnet es gar nicht. Rosa zieht den Vorhang schnell wieder zu. Sie ist zu Tode erschrocken, ihr Herz flattert. Eins, zwei, drei … sie atmet tief … und legt sich wieder hin. Da ist gar nichts. Du bildest dir das ein. Claraaa! Claraaa! Ich will raus hier! Claraaa! Sie kann nicht widerstehen und schiebt den Vorhang noch mal auf, und als sie hinunterschielt, spürt sie wie einen Fluch hunderte von schweigenden Augen auf sich, die unter den leicht nach hinten geneigten Regenschirmen hervorlugen. Männer und Frauen, nackt wie Würmer, starren sie immerzu an und versuchen sich vor ihr zu verbergen. Rosa zieht den Kopf ein. Sie ist schweißgebadet. Unruhig. Eins, zwei, drei … Claraaa! Claraaa! Hilfeee! Lass mich raus! Sie will aufstehen, aber ihre Füße sind eingeschlafen, und sie kann die Beine nicht bewegen. Als sie wieder hinausschaut, ist die Straße menschenleer, und auf dem Boden zeichnen sich deutlich die Kreidekonturen zweier Autos ab. Zieh mich nicht, Clara Du tust mir weh! Nicht so, hör auf! Zieh mich nicht an den Haaren, das tut weh!

Rosa öffnet die Augen und dreht sich rasch um, aber neben ihr ist niemand. Es ist halb zehn Uhr abends, und Clara ist weg, auf der Suche nach etwas zu essen. Rosa streckt die Glieder. Sie hat Hunger. Durst. Sie muss pinkeln. In ihrem Kopf mit den müden Gedanken ist alles zerstückelt. Die Straße ist menschenleer. Niemand sitzt mehr in dem roten Punto. Die Alte ist in Rosas Erinnerung weit weg. Ein Albtraum aus der Vergangenheit. Und Nicolas? Wo ist der Junge mit dem begehrlichen Blick? Rosa weiß, wo er ist: mit Clara unterwegs. Er ist ihr nachgegangen. Er begleitet sie. Unter dem Vorwand, dass Palermo um die Uhrzeit gefährlich sei.

Plötzlich taucht Samiras Gesicht am Seitenfenster auf. Rosa schreit auf und hupt reflexhaft, um sie zu vertreiben. Scheinheilig grinsend bewegt sich die Alte zu ihrem Auto zurück und lehnt sich steif und breitbeinig dagegen. Sie lacht frech, und in dem Faltenkräuseln sitzt die Miene eines kleinen Mädchens, das seinen Streich nicht bereut. Die nackten Füße und die glatten weißen Haare, die ihr wie ein offener Bühnenvorhang über die Wangenknochen hängen, kontrastieren mit der Bosheit in ihrem Gesicht.

Ohne den Blick von ihr zu wenden, steigt Rosa aus, mit fließenden Bewegungen und darauf bedacht, sie nicht entwischen zu lassen, und dann betrachtet sie Samira aufmerksam wie ein wildes Tier, das sie noch nie gesehen hat: Samiras Knochen stehen so stark hervor, dass man meint, bei der nächsten Bewegung würden sie die Haut an den Gelenken durchstechen. Die Alte hört auch nicht auf zu lachen, als sie, ohne die Unterhose hinunterzuziehen, Wasser lässt und der Urin zischend unter dem Kleid hervorsprudelt. Rosa ekelt sich, doch weil sie ebenfalls dringend muss, hockt sie sich hin, schiebt den Slip nach unten, legt den Kopf in den Nacken und pinkelt. Die beiden Rinnsale fließen parallel die Straße hinunter. Der Akt ist eine Drohgebärde und hat zugleich etwas Intimes: Wie zwei Hündinnen markieren Rosa und Samira das Revier. Sehr fern ist leises, fiepsiges Winseln zu hören, dem ein Chor von Gewinsel folgt. Ganz kurz klingt Rosa der Ruf vertraut. Nie würde sie so bereitwillig gehorchen wie jetzt.

»Möchten Sie ein bisschen überbackene Pasta, Signorina?«, fragt Maria Grazia, bevor Rosa sich den Slip hochziehen kann. »Frisch aus dem Rohr! Schnuppern Sie mal!«

»Nein, danke. Meine Freundin holt was.«

»Na ja, aber Sie können doch schon mal ein bisschen was essen. Das schmeckt gut! Ich bin Ihnen böse, wenn Sie nicht probieren, kommen Sie schon.«

»Nein, vielen Dank, ich habe keinen Hunger.« Rosa schlüpft mit gesenktem Blick, den Slip zwischen den Knöcheln, wieder ins Auto, kategorisch jeden weiteren Überredungsversuch zurückweisend.

»Wie Sie wollen! Kommen Sie, Samira, es gibt Essen. Setzen Sie sich ins Auto, dann gebe ich die Pasta auf den Teller. Na los! Wo ist denn Nicolas? Ich lasse eine Portion für ihn da, ja? Dann kann er gleich essen, wenn er kommt.«

Maria Grazia hat keine Hand frei und schubst Samira mit der Hüfte ins Auto; dann setzt sie sich selbst mit dem Hintern voraus neben sie. Ohne zu kleckern hievt sie zwei Portionen aus der Auflaufform auf die Plastikteller. Anschließend sagt sie streng: »Wenn Sie nichts essen, soll Nicolas mir die Pasta wieder bringen, nicht wegwerfen! Haben Sie verstanden? In der Tüte da ist Wasser. Ich soll von Saro ausrichten, dass Sie bis morgen früh hierbleiben müssen. Er sagt Ihnen später, was Sie zu tun haben. Wiedersehen!«

Maria Grazia kapituliert vor Samiras unerschütterlichem Schweigen, sie steigt aus, ohne eine Antwort abzuwarten, verabschiedet sich freundlich und verschwindet wieder im Haus. Die Tür ist noch nicht zu, da verlässt Samira mit dem Teller in der Hand das Auto und geht rasch zu der Mauer. Sie mag nichts essen. Sie stößt sich ab und stellt sich, das Gesicht vor Anstrengung zerknautscht, auf die Zehenspitzen, um das Gift auf dem Teller möglichst weit über die Mauer zu schleudern. Den leeren Teller nimmt sie wieder mit ins Auto.

Rosa lächelt. Die Alte erinnert sie an sie selbst als Kind: ein trotziges kleines Mädchen, das vor nichts und niemandem Respekt hatte. Sie konnte ganze Tage auf dem Bett liegen, ohne einen Bissen anzurühren, die Arme im Nacken verschränkt, und genüsslich die Erfolge ihrer Aufsässigkeit an die Zimmerdecke projizieren. Ein unbeliebtes Kind, das sich ohne seine Gefährtin, die Einsamkeit, sicherlich noch einsamer gefühlt hätte. Dann, mit sechzehn, wurde sie mit einem Mal sanft, als die anderen ihr klar machten, dass ihre schräge Sicht der Dinge das Ergebnis dieser dummen, albernen Isolierung war. Marina war das einzig Schöne in ihrer Jugendzeit. Jetzt muss Rosa an sie denken: ein weiches Mädchen mit mehlfarbener Haut, das morgens um sechs Brot in den Ofen schob und sich dann mit ihr im Foro Italico hinter dem Schwanenkarussell traf. Marina war das Kornfeld, in das sie sich legte. Ihre warme Brioche. Das Frühstück. Rosa küsste sie, liebkoste sie, stöhnte auf ihr voller Lust; anstelle des Orgasmus kam ihr immer ein tierischer Hunger, und sie hätte Marina am liebsten aufgegessen.

Als Samira, ihre Verbannung betonend, die Autotür zuknallt, schreckt Rosa hoch, als wäre sie in flagranti bei der intimen Erinnerung an die Sünde erwischt worden.

Die sture Alte hat unbeirrt wieder ihren Posten bezogen. Sie klammert sich an ihr Lenkrad wie an eine Kanone, bereit zum Feuern, die Adern an den Händen angeschwollen. Ihre Augen funkeln in einem bösen Licht, und eine unerschöpfliche Geduld steckt in ihr, notwendig wie der Tod des Feindes, der den Soldaten in seinem Schützengraben stundenlang, für alle Zeit, ruhig hält. Rosa weiß, wenn sie gewinnen will, darf sie um nichts in der Welt nachgeben. Sie kann nur durchhalten. Bis zum Ende. Dunkler als zu Mitternacht kann's nicht werden.

Sie dreht den Rückspiegel zu sich, um auch die Straße im Blick zu haben. Der Abend ist ein wenig frischer, aber das Hundegekläff überall lässt die Alarmanlagen der Autos heulen. Grässliches Stimmengewirr erhebt sich: Tausende voll aufgedrehte Fernsehgeräte haben sich des letzten Wortes vor Sendeschluss bemächtigt. Die Sirenen sind das Rückzugssignal in die eigenen vier Wände. Hinter der Mauer stellt Rosa sich eine mit menschlichen Gebeinen übersäte Müllkippe vor.

Nicolas hat sie auf seine SH 150 aufsitzen lassen und ist zur Tonnara Florio gefahren. Nachdem er den Roller auf dem Gehsteig abgestellt hat, befingert er seine Hosentasche, um sich zu vergewissern, dass das Päckchen Kondome noch da ist. Er lässt Clara absteigen, montiert das Lenkschloss und fischt im Losmarschieren die beiden kühlen Ceres aus seinen hoffnungslos ausgebeulten Gesäßtaschen. Lustlos folgt Clara ihm an den Strand, sie laufen einen guten halben Kilometer und lassen sich schließlich am Wasser nieder, vor einer Mauer, auf der mit riesigen Lettern in rosa und schwarz »Forza Palermo« steht. Der Mond scheint nicht. Es gibt auch keinen milchigen Schimmer auf dem Meer. Das Wasser ist schmutzig. Verlockt nicht zum Schwimmen unter dem Sternenhimmel.

Nicolas öffnet mit einem Schlüssel die Flaschen, reicht Clara ein Bier und mustert sie, an seiner Flasche nuckelnd, die er sich tief in den Mund gesteckt hat. Er wartet auf den richtigen Moment, um sie zu küssen. Doch Clara empfindet den eindringlichen Blick als unangenehm und hat ihr Gesicht zum Meer gewandt.

»Was starrst du mich so an?«

»Du gefällst mir.«

»Du Esel, schau doch das Meer an!«

»Das kenne ich in- und auswendig. Ich schaue es immer an. Du bist neu.«

»Du bist viel zu jung für mich.«

»Weil du alt bist?«

»Komm, wir fahren zurück, das Hähnchen ist bestimmt fertig.«

Clara spannt die Bauchmuskeln an und springt auf, doch bevor sie sich den Sand abstreifen kann, packt Nicolas sie am Kleid und zieht sie zu sich herunter. Er hält sie mit den Beinen fest, schiebt sich auf sie und nähert seinen Mund bis auf einen halben Zentimeter dem ihren.

»Du hast doch gehört, dass es erst in einer Stunde fertig ist. Willst du ein rohes Hähnchen? Am Sonntag ist da die Hölle los. Alle wollen ein Grillhähnchen.«

»Lass mich los oder ich schreie!«

»Willst du mich denn nicht küssen?«

»Ich denke gar nicht dran!«

»Warum bist du dann mitgekommen?«

»Weil du mir angeboten hast, mich zu fahren. Jetzt lass mich.«

Nicolas fährt ihr mit der Hand unters Kleid und wandert behutsam innen am Schenkel entlang, bis er die Leiste berührt, weiter geht er nicht.

»Soll ich dich lecken? Kannst den Slip anlassen, ich stecke den Kopf unter dein Kleid und lecke dich. Ohne Hände. Ich fasse dich nicht an. Darf ich?«

Um das Keuchen und das Herzklopfen zu bezwingen, wispert Nicolas die Wörter in die schmale Spalte von Claras Lippen, stößt sie mit seinem Atem hinein.

»Ich will mit dem Gesicht zwischen deine Schenkel … ich will dich schmecken …«

»Loslassen, habe ich gesagt!«

Nicolas gehorcht, er lockert den Griff und schöpft nach zweieinhalbminütigem Luftanhalten wieder Atem. Clara rührt sich nicht, sie liegt wie versteinert. Es ist ihr heiß in die Brust gefahren. Ihr Magen ist in Aufruhr, der Kopf durcheinander. Sie kann sich nicht erklären warum, aber sie erwägt unversehens die Möglichkeit, sich vögeln zu lassen.

Clara ist, wie alle jungen Frauen aus dem Norden, leidenschaftlich in der Liebe. Aufgeschlossen, ehrlich und romantisch. Gnadenlos, wenn sie erst mal beschlossen hat, sich hinzugeben.

Und da sie auf die herrschende Moral nichts gibt, ist sie leichte Beute für Männer wie für Frauen. Clara vögelt gern. Sehr gern. Sie liebt es, ihren Leib als Schlachtfeld anzubieten, damit neue, unerwartete Freuden ausprobiert werden können. Clara erwartet sich vom Sex immer etwas Extremes; sie kommt im Nu, da genügt ein einziges kreatives Handanlegen. Ihre Prinzipien sind recht flexibel, weshalb sie nicht lange Widerstand leistet. Sie streift hastig ihren Slip ab, hebt ihr Kleid hoch und lädt Nicolas ein zuzugreifen.

»Dann zeig mal, was du kannst!«

Nicolas taucht voller Begeisterung zwischen ihre weißen mageren Schenkel, um sein Versprechen einzulösen. Sabbernd wie ein Hund leckt er ihre Möse. Clara ist erregt. Sie schreit auf vor Lust und denkt an Rosa, während sie am Strand auf der Seite liegt, das Gesicht nass vom Meerwasser, und sich ficken lässt.

»Pass auf dich auf!«, sagte ihr Vater während der Invasion oft. »Pass auf dich auf!« Aber sie wollte nicht hören. Sie hat immer nach vorn geschaut, sich nie umgedreht. Sie muss an Papàs drängende Stimme denken, und wieder beschleicht sie diese Kälte. Als Vlora 1939 von den Italienern, auf die später die Nazis folgten, besetzt wurde, war Samira zwei Jahre alt. Unter dem Vorwand, sie vor dem Feind zu beschützen, ging der Vater mit ihr über den Hinterhof in den Luftschutzkeller.

Samira erinnert sich deutlich, als sie sich jetzt vollkotzt. Sie lebte mit ihrer Familie in erbärmlichen Verhältnissen, sie hatten kaum zu essen, keine Heizung, kein Klo, kein fließendes Wasser. Im Winter wärmte die Mutter die Kinder unter ihrem Rock, und Samira, die einzige Tochter, hatte ganz von selbst gelernt, den Brüdern Platz zu machen. Sie war ein verständiges, selbstloses Mädchen und opferte sich bereitwillig für die anderen auf. Aber niemand hätte sie gerettet, wenn sie ihre Flucht nicht selbst geplant hätte. Eines Tages beschlich sie eine Ahnung, sie erinnert sich deutlich, jetzt: Bliebe sie in Albanien, würde sie sterben. Tief in ihr wurzelte die ihrem Menschenschlag angeborene Krankheit, die Organe und Blut gegen jeglichen Impuls zur Rebellion abschottete.

Samira tat alles Mögliche, um ein bisschen Geld für die Reise zusammenzukratzen. Sie arbeitete schwarz, bettelte, stahl hier und da, schaffte es zum Glück, sich vom Zuhältermilieu fernzuhalten. Nachdem der Vater sie geschwängert hatte, musste sie ihre Familie verlassen, und sie zog in ein Viertel hinter dem Bahnhof mit den Asbest-Wagons, wo die Straßen ungeteert und die Gehsteige voller Unrat waren und riesige Trichter dem Himmel den Modergeruch der städtischen Kanalisation einflößten. Sie hat kürzlich im Fernsehen ähnliche Bilder aus Süditalien gesehen, aus Neapel, und die vertraute Landschaft hat sie erschauern lassen.

Viele Jahre lebte sie mit ihrer Tochter in einem kleinen unverputzten Häuschen. Bis sie eines sonnigen Morgens ihren ganzen Mut zusammennahm und entschied, dass es Zeit für die Flucht war. Sie zog einen eng anliegenden Fetzen an, der ihre verblühten Kurven erahnen ließ, ging zu Mole 8 und schrieb sich in die Liste ein. Im Hafen vermieteten die nicht mehr ganz jungen Frauen ihren Körper, um genügend Geld für die einfache Fahrt auf dem Schiff der Hoffnung zusammenzubekommen. Betrieben wurde die Zuhälterei von zwei zwielichtigen Typen, die ein Warenlager hinter dem Hafenamt zur Verfügung stellten, den Belegungsplan regelten und über fünfzig Prozent der von den Huren verdienten Lek in die eigene Tasche steckten. Die Frauen mittleren Alters erschienen jeden Morgen, versuchten, so viele Termine wie möglich zu machen, und hatten, waren sie erst mal abgereist, keine weiteren Verpflichtungen. Da sah das Schicksal der jungen Huren schon anders aus, sie konnten sofort und gratis nach Italien oder Griechenland fahren, dafür wurden sie dort gegen eine bessere Währung ausgebeutet. Samira war fünfundvierzig, als sie anfing, sich jedem Dahergelaufenen anzubieten. Sie biss die Zähne zusammen und machte die Beine breit, denn sie wusste, dass die Vergangenheit bald hinter ihr lag, der Gestank ihrer Landsleute, der flehentliche Blick, die großen, schweren Hände, der unsichere Gang, die zum Bleiben und zum Scheitern verurteilten Kinder. Nach fünf Jahren hatte sie genug Geld beisammen, damit sie und ihre Tochter ausreisen konnten.

Samira gab ihr Erspartes dem Mann ohne Gesicht, der, auf dem Landungssteg balancierend, mit gesenktem Blick die Geldbündel zählte, die ihm die unzähligen wartenden, in der Schwebe schwankenden Menschen ausgehändigt hatten, denen er ein kleines Plätzchen im Laderaum des Schiffes versprochen hatte. Bei dem starken Wellengang in jener Nacht rebellierte Samiras Magen, kaum dass sie einen Fuß an Bord gesetzt hatte, und als das Schiff in See stach, spie sie ihre ganze Galle in den Hafen von Vlora. Sie kann sich gut an den Geschmack erinnern, und als sie sich jetzt erbricht, assoziiert sie die Übelkeit mit dem gleichen Gefühl von Freiheit.

»Ich sterbe vor Hunger!«

Rosa stößt gegen den Hebel des Scheibenwischers, der sofort mit Höchstgeschwindigkeit und unerträglich quietschend über die trockene Scheibe fegt.

»Hast du keinen Hunger?«, schreit sie zu Samira hinüber, ohne den Kopf aus dem Fenster zu recken. »Du lebst wohl von der Luft, was? Haben sie dir vielleicht die Zunge rausgeschnitten? Du bist genau wie meine Mutter! Die hat in ihrem Leben vielleicht zwei- oder dreimal das Wort an mich gerichtet, die blöde Kuh!«

Rosa betätigt den Hebel, um Wasser auf die Windschutzscheibe zu spritzen, und mit zunehmend sauberer Scheibe ist Samira besser zu sehen.

»Meine Mutter war genauso stur und schweigsam wie du. Außer meinem Vater hat sie nie jemandem ins Gesicht gesehen. Aber wie sie ihn angesehen hat! Mit einem ekelerregend demütigen Blick, sie verehrte ihn. Er war ihr Gott. Deshalb hat sie mich nie in Schutz genommen. Nie. Sie schämte sich dafür, dass sie mich in die Welt gesetzt hatte.«

Rosa erstarrt jäh, irgendetwas stimmt nicht. Sie schaltet den Scheibenwischer aus und strengt die Augen an: Der Alten geht es schlecht.

Sie steigt schnell aus, hat aber den Punto noch nicht erreicht, als Samira schon die Tür verriegelt hat. Gelbsüchtig sieht sie aus, mit tiefen Augenhöhlen, und schaumiger Schleim fließt ihr aus den Mundwinkeln. Rosa zerrt am Türgriff.

»Mach auf! Dir geht es schlecht!«

Doch Samira dreht die Augen mit solch abgrundtiefem Hass zu ihr, dass Rosa zurückweicht, und nutzt den Schritt nach hinten, zündet den Motor, legt den Gang ein, löst die Handbremse und gibt Vollgas. Einem krachenden Stoß gegen die Schnauze des Multipla folgt ein zweiter und ein dritter, bis sich Rosa in der Hoffnung, Samira höre auf, wieder in ihr Auto setzt. Viele beobachten von ihren Balkonen aus das gefährliche Manöver. Saro lehnt sich aus dem Fenster und beschimpft seine Schwiegermutter, die grundlos sein Auto ruiniert, doch Filippo zieht ihn gleich wieder zurück, schließt die Fensterläden, lässt die Jalousie herunter und versucht ihn zur Vernunft zu bringen.

Nachdem sie Galle gespien hat, schaltet Samira den Motor ab und rollt im Leerlauf bergab, bis sie ihr fehlendes Teil trifft, das sie wie eine Negativform empfängt und festhält: die Schnauze des Multipla. Als wieder Ruhe einkehrt, verziehen sich alle im Wissen, dass sie ab jetzt nur Zuschauer sind, in ihre Häuser. In der Luft hängt das uralte Motto, das seit Generationen vom Vater auf den Sohn übergeht: »Mein Großvater ist hundert geworden, weil er sich nur um seinen eigenen Mist gekümmert hat.«

Rosa ist verstört. Ihr fahriger Blick bleibt auf der Uhr am Armaturenbrett hängen, es ist 22 Uhr 53.

Eine Viertelstunde später kommt der Roller, und Clara hält sich auf der abschüssigen Straße mit einer Hand an Nicolas' Schulter fest, in der anderen hat sie eine Plastiktüte. Nachdem sie an Samiras Auto vorbeigefahren ist und ihr, ahnend, dass etwas nicht stimmt, einen verstohlenen Blick zugeworfen hat, steigt Clara zu Rosa ins Auto und schließt die Tür, eine feuchte Bö von Kartoffeln und Rosmarin mitbringend.

»Was ist passiert?«, fragt sie und klappt den Mittelsitz aus, der als Tisch fungiert. Da sie keine Antwort bekommt, packt sie, nur um irgendetwas zu tun, die Tüte mit einem ganzen Hähnchen und Ofenkartoffeln aus, wickelt zwei Brötchen aus Papiertüchern und öffnet eine Bierdose.

»Und?«

»Du bist nass«, stellt Rosa fest, ohne sie anzusehen.

»Im Schnellimbiss war eine endlose Schlange, und bis wir dran waren, sind wir ans Meer gefahren. Magst du was essen?«

»Warst du baden?«

»Klar, bei der Hitze! Leider ist das Wasser dreckig, richtig eklig.«

»Vorhin ist sie ausgestiegen … sie hat im Stehen gepinkelt … dann hat sie sich wieder ins Auto gesetzt … sie hat sich eingeschlossen, sie tut so, als ginge es ihr schlecht, sie hat uns gerammt, und das Schlimmste kommt bestimmt erst noch.«

»Du wolltest doch unbedingt bleiben, Rosa. Meinetwegen können wir fahren!«

»Wohin denn? Wo willst du denn hin?«

»Komm runter, Papà, Samira ist krank. Sie hat sich eingeschlossen und macht nicht auf. Was soll ich denn jetzt tun?« Das Gesicht an die Sprechanlage geklebt, flüstert Nicolas, um keine Aufmerksamkeit zu erregen.

»Jetzt reg dich nicht auf, ich komm ja schon.« Die genervte Stimme des Vaters klingt lauter als sonst.

Nicolas geht auf und ab und wartet. Manchmal bleibt er stehen, wirft einen Blick auf die beiden Autos und nickt Clara oder Samira zu. Dann, immer nervöser, marschiert er wieder los. Saro kommt in Unterhemd und kurzen Hosen und ist stinksauer.

»Du bist echt unfähig! Ich habe doch gesagt, du sollst sie nicht aus den Augen lassen! Morgen rechnen wir ab, Nicolas. Nach der Nacht bring ich dich eigenhändig um. Ich habe dich erschaffen, und ich werde dich vernichten!«, faucht der Vater, wobei er geräuschvoll mit seinen Flipflops schlurft, um sein Gefluche zu übertönen, auf das er nicht verzichten kann. »Blöde Kuh, dreckige Hure, die hat mir das Auto ruiniert! Wozu denn, Mensch! Die wird morgen was erleben! Hier kriegt jeder sein Fett weg, du Nichtsnutz!«

Auf Höhe des Multipla wechselt Saro blitzschnell den Gesichtsausdruck, schenkt Rosa ein höfliches Lächeln und erklärt ihr mit einer kurzen Geste seine Ohnmacht gegenüber der gestörten Schwiegermutter.

»Kommen Sie, Samira, machen Sie schon auf! Es ist spät, wir müssen schlafen … Lassen Sie die Signorina durch! Hören Sie mich?« Saro klopft halbherzig an das Seitenfenster und versucht, die Wut zu unterdrücken, die ihn zerfrisst.

»Wo soll sie denn hin, solange das Auto Ihres Sohnes hinter ihr steht? Auch wenn sie wollte, könnte sie nicht weg!«, ruft Clara und steigt aus.

»Nicolas, klingel mal nach Santo, er soll den Schlüssel aus dem Fenster werfen! Dann können wir Platz machen. Die Signorina hat recht, vielleicht ist das der Grund, weshalb sie immer noch da steht. Nun mach schon!«, befiehlt Saro seinem Sohn in spöttischem Ton. ›Was fällt der eigentlich ein! Scheiße, die übernimmt jetzt auch noch das Kommando in meinem Haus … Weiber sind eine Strafe!‹, denkt er und wendet den Blick von Clara zu etwas Wichtigerem, das unter den gegebenen Umständen an Wert zu verlieren droht: Angesichts der beschädigten Motorhaube des Fiat Punto fällt er fast in Ohnmacht.

»Warum haben Sie die Straße auf eigene Faust mit Baustellenschildern gesperrt?«

»Damit Ruhe ist, bis sich hier alles aufgelöst hat«, antwortet Saro, ohne den Blick von der Motorhaube zu wenden, und greift sich bei der Vorstellung an die Schmerzen, die der Motor seines Autos bei dem Aufprall erleiden musste, reflexhaft mit beiden Händen an den Sack.

»Und was bezwecken Sie damit, bis es soweit ist?«

»Wie meinen Sie das, Signorina?«

»Nicolas hat gesagt, dass Sie die Straße nicht zum ersten Mal absperren.«

»Das gab es schon öfter … es kommt eben vor! Die Straße ist schmal, und wenn sie verstopft ist, dann sperren wir sie ab … da geht es ums Prinzip … weil wir unsere Probleme im Viertel selber lösen wollen, wir brauchen hier keine Fremden.«

»Sie meinen Carabinieri, Polizei …«

»… und so weiter.«

»Ich wiederhole: Was bezwecken Sie damit?«

»Was meinen Sie denn damit? Ich hoffe, dass der Scheißzirkus hier bald ein Ende hat, ist Ihnen eigentlich klar, welchen Schaden ich zu zahlen habe? Alles soll wieder in Ordnung kommen, aber nach meinen Prinzipien und meinen Vorstellungen und vor allem getreu meinem Ehrbegriff. Wissen Sie, was Ehre ist?«

»Meine Freiheit endet dort, wo deine beginnt, hat ein Mann namens Martin Luther King gesagt.«

»Kluger Martin! Aber hier heißt das Motto: Wenn ich nicht vorbeikomme, kommst du auch nicht vorbei. Und jetzt entschuldigen Sie mich bitte, ich fahre den Wagen meines Sohnes Santo weg, und dann gehe ich schlafen, denn auch wenn wir die Straße wieder aufmachen – meine Schwiegermutter ändert ihre Meinung nicht, das sage ich Ihnen, die rührt sich die ganze Nacht nicht vom Fleck, sie hat zwar eine Schraube locker, aber auch sie hat ein Ehrgefühl, wenn auch ein sehr spezielles. Und wenn sie beschlossen hat, da stehen zu bleiben, dann hält sie Wort. Selbst auf die Gefahr hin, dass ein Auto sie zusammenfährt. Selbst auf die Gefahr hin, dass sie stirbt.«

»Papà, wenn du sie lieb drum bittest, gehorcht Samira«, schlägt Nicolas vor und hält ihm die Autoschlüssel hin, die Santo vom Balkon heruntergeworfen hat.

»Die ist doch kein Hund! Gib schon her die Schlüssel anstatt Blödsinn zu verzapfen! Warum muss der Knabe sich immer in alles einmischen, das werde ich nie verstehen. Freundlichkeit, was soll denn das! Meine Güte ...«, knurrt Saro, der gern das letzte Wort gehabt hätte. Er reißt seinem Sohn die Schlüssel aus der Hand und steuert wortlos auf Santos Auto zu.

Nico fleht Clara mit glänzenden Augen an: »Bitte fahrt weg!«

Rosa klappt unversehens den Sitz zurück und streckt sich herausfordernd aus.

»Das ist aber nicht sehr gastfreundlich!« Filippo ist wie ein Gespenst hinter Nicolas aufgetaucht und presst ihm mit seinem ganzen Gewicht die Hand auf die Schulter. »Was soll das? Du jagst sie fort anstatt zu fragen, ob sie was brauchen? Hat dein Vater dir das beigebracht?«

Santos Wagen setzt mit quietschenden Reifen zurück.

»Komm, Nico, geh nach Hause, du bist doch müde. Samira schläft jetzt auch, wir reden morgen früh weiter. Wir können gar nichts tun. Was sollen wir uns hier den Kopf zerbrechen. Brauchen Sie was, Signorina? Was weiß ich, vielleicht wollen Sie aufs Klo oder sich ins Bett legen? Ich wohne gleich hier, fühlen Sie sich ganz wie zu Hause!«

Filippo zeigt auf den Balkon, von dem er sich im ersten Akt hinuntergelassen hat.

»Ihr seid doch alle verrückt! Total übergeschnappt!«, sagt Clara, die sich das Gequatsche nicht länger anhören mag; sie setzt sich zu Rosa ins Auto und teilt ihr mit: »Ich gehe!«

Nicolas am T-Shirt ziehend, geht Filippo Saro entgegen; der hat den Wagen am Ende der Straße geparkt und steuert mit raschem Schritt auf die beiden zu. Hinter dem Punto treffen sich die drei und tuscheln, leicht nach vorn gebeugt, lebhaft miteinander. Nicolas bemüht sich, ruhig zu sprechen, und macht die beiden anderen damit erst recht wepsig, die – vor allem Saro – gestikulieren, was das Zeug hält.

Samira beobachtet sie im Rückspiegel und spürt einen dumpfen Schmerz zwischen Herz und Magengrube. Es ist der gleiche Schmerz, der sie schon lange daran hindert zu sprechen. Zu essen. Zu schlafen. Die Familie Calafiore widert sie an. Wie etwas Verfaultes, das unerträglich stinkt. Genauso stinkt es jetzt im Auto, säuerlich. Und nach Scheiße. Samira hat in die Hose gemacht. Sie merkt es an dem Feuchten, das ihr bis zum Bauch hochsteigt. Der Sitz ist nass, mit ihren Ausscheidungen verschmutzt. Wie ein Schwein, das sich lustvoll im Schlamm suhlt, nimmt Samira ihren Geruch auf. Niemand wird mehr ihre Höhle betreten, in der sie für immer bleiben will. Sie hat einen sicheren Ort gesucht, sie hat ihn gefunden. Einen Unterschlupf, in dem sie ihre Erinnerungen hüten kann. Thana hatte Locken, als sie auf die Welt kam. Schwarze Kräusellöckchen und ein verdrießliches Gesicht. Zum Glück sah sie ihrem Vater überhaupt nicht ähnlich. Tochter und Schwester. Es ging ihnen so gut miteinander. Zwei Waisenkinder, Weltenwanderer. Das kleine Geschöpf war das einzig Schöne, das Samira je widerfahren ist. Aber die Schmerzen bei der Niederkunft waren schrecklich, unmenschlich. Urin und Kot rannen ihr die Beine hinunter, der unförmige Bauch stieß fleischige Klumpen und Blut aus, die hängenden Brüste sonderten eine gelbe Substanz ab, und aus ihrer aufgerissenen Vagina tauchte ebenfalls eine Vagina auf, nämlich die ihrer Tochter, die gar nicht daran dachte, mit dem Kopf zuerst herauszukommen. Mit den Füßen zerstieß sie das Bullauge, das sie von der Welt trennte. Dreckig und heimlich, bereit für sein Schicksal, schlüpfte das Kind aus ihrem Bauch wie aus dem Bauch eines Schiffes. Samira brachte es in ihrem unverputzten Häuschen ganz allein auf die Welt, die Nabelschnur zerbiss sie. Sie machte, so gut es ging, einen Knoten und aß die Plazenta. Sie hatte gehört, das sei gut für das Kind, es werde beim Stillen immun gegen die Krankheiten ihres Landes. Deshalb kochte und aß sie die Plazenta noch am selben Abend, und später fiel sie in tiefen Schlaf. Thana war in ihr. Für immer. Das träumt Samira, als Nicolas beharrlich an das Seitenfenster klopft.

»Bitte, Sasà, mach auf.« Aber Samira ist müde. Sie will schlafen. Sie hat keine Kraft, die Augen offenzuhalten.

»Die schaut dich doch nicht mal an. Lass sie schlafen. Geh auch ins Bett, Nicolas, wir reden morgen weiter«, befiehlt der Vater in einem Ton, der keine Widerrede duldet.

»Wir können sie doch nicht einfach da sitzen lassen, Papà, sie hat sich erbrochen. Ihr ist nicht gut!«

»Wenn ihr nicht gut ist, kann sie selber ins Haus gehen. Denk dir nichts, die hat nicht alle Tassen im Schrank!«

»Sag ihr wenigstens, sie soll ein Fenster aufmachen. Sie erstickt doch. Es ist so heiß …«

»Menschenskinder, sie weiß schon, was sie tut! Hau ab, sonst gibt es hier vor allen Leuten einen Satz heiße Ohren!«

»Komm, Nico, geh schlafen«, schaltet Filippo sich ein »Ich habe von meinem Balkon aus ein Auge auf Samira Keine Sorge, ihr passiert nichts. Bis morgen, Saro, alter Freund! Meine Damen, ich wünsche eine gute Nacht, ich lege mich jetzt ein bisschen hin. Sollten Sie irgendetwas brauchen, können Sie bei mir klingeln, hier an dieser Tür.«

Filippo Mangiapane verabschiedet sich weithin vernehmlich und zwängt sich wie eine Schlange durch die Haustür, die bis auf einen schmalen Durchlass von dem Punto verstellt ist. Saro wartet, bis Nico an ihm vorbeigegangen ist, grüßt die Damen mit einer Handbewegung und geht dann ebenfalls nach Hause.

Samira öffnet die Augen. Und schließt sie unbeschwert wieder. Das Haus der Calafiores verschwindet. Schläfrig geht es fort. Die Dunkelheit verschluckt es. Die einzige Straßenlaterne erlischt wie jeden Abend um Mitternacht. Im Wageninneren setzt sich der Atem fest. Er ist verbraucht und kann nicht wieder eingeatmet werden. Samira öffnet das Seitenfenster einen Spalt, um frische Luft hereinzulassen. Aus einem Fenster kommt Musik. Leise, vorsichtige Schritte … gehen ins Schlafzimmer … Die Tür fällt krachend zu.

*

»Schläfst du?«

»Nein.«

»Hast du gehört? Ich gehe!«

Rosa rührt sich nicht, sie hat sich auf dem Sitz zusammengekauert wie ein Kind, das sich in seine Position als Embryo zurückwünscht. Draußen ist alles still, abgesehen von ein paar Windstößen, die sanft schnauben anstatt zu grollen. Sogar die Hunde sind eingeschlafen. Clara klappt ihren Sitz halb nach hinten und versucht Zeit zu schinden, während sie sich mit einer plötzlichen Gier auf Küsse neben Rosa legt.

»Ist es dir egal, ob ich gehe?«

»Was willst du denn hören? Du und ich, wir sind falsch, Clara.«

»Warum?«

»Weil wir gleich sind. Jede Aktion bedingt eine gleich starke Reaktion in die entgegengesetzte Richtung, lautet ein physikalisches Prinzip, über das ich immer ein bisschen lachen musste. Wenn es stimmen würde, käme nämlich alles zum Stillstand. Ich drücke gegen eine Tür, und die Tür drückt mit der gleichen Kraft dagegen, ich werde die Tür also nie öffnen, und die Tür wird sich nicht bewegen. Aber vielleicht ist es wirklich so. Aktion und Reaktion in der Welt sorgen dafür, dass alles statisch ist, und eben wegen dieses absurden, wörtlich genommenen Prinzips ändert sich nie etwas. Wenn ich dich bitte, zu bleiben, weil ich dich liebe, kann ich sicher sein, dass du aus Liebe gehst. Also sage ich: Hau ab, Clara, und komm nie wieder …«

»Auf die Weise bringst du mich dazu zu bleiben«, folgert Clara der Logik gemäß.

Rosa schließt mit einem tiefen Seufzer die Augen und haucht mit sinnlicher Stimme: »Wir spüren ein Körperteil nur, wenn es uns wehtut. Wir spüren unsere Füße nur, wenn die Schuhe drücken. Und nur bei einem steifen Genick erinnern wir uns, dass ein Hals unseren Kopf trägt. Wenn du also sagst, ich weiß nicht, ob ich dich noch liebe, spüre ich einen scharfen Stich, wie einen Messerstich, und ich spüre dass ich blass werde. Ich weiß nicht, was du mit diesen Worten triffst, es muss etwas sein, von dessen Existenz ich bisher nichts wusste. Es zieht an einer bestimmten Stelle zwischen Herz und Magengrube, wo anatomisch eigentlich nichts Lebenswichtiges ist, rein gar nichts. Vielleicht die Seele, das Ich, der Stolz, die Leidenschaft ... Jedenfalls nichts Wissenschaftliches, da ist Raum für Phantasie. Klar, der Schmerzpunkt sitzt mitten in mir, und ich weiß nicht, ob du mich an einer anderen Stelle mit anderen Worten hättest treffen können. Jedenfalls beweist dein für mich schmerzhafter Satz die Existenz der Seele, die Existenz von etwas ganz und gar Unbestimmtem, von dem ich eigentlich gar nicht sagen kann, dass ich es habe ... Aber ich fühle es! Ein Wort von dir, und mich sticht es an einer wissenschaftlich banalen Stelle irgendwo im Körper.«

»Warum war es immer so schwierig, diese Liebe zu akzeptieren? Das möchte ich so gerne wissen, Rosa! Ich habe unser Anderssein immer verteidigt, auf irrationale Art und Weise. Ich habe gegen die Heuchelei dieser Idioten gekämpft, die sich anmaßen, wissenschaftlich und mit gesundem Menschenverstand die ›Natur‹ zu verteidigen. Ich habe mich gegen diese Natur gestellt. Ich bin ein Risiko eingegangen. Für dich. Für uns. Allein. Dauernd von deinen Ängsten ausgebremst. Und Angst tut mehr weh als Schmerz. Angst lässt der Phantasie freien Lauf. Man denkt sich die schlimmsten Qualen aus. Die Seele existiert nicht, Rosa! Es existiert nur diese unendliche Leere, die aus Zerlegen besteht, aus unsinnigem Reduzieren, es existiert der Schmerz deiner Abwesenheit, wenn du darauf beharrst zu verschwinden.«

»Ich schäme mich.«

»Wofür?«

»Für deine Küsse, für das Blau unseres Sofas, in dem meine Sinne versinken, für den Honig auf deinen Lippen, für den Schatz, den dein Rock verbirgt, für die Falten und die Schatten, die er bewegt, wenn du dich bewegst. Alles ist überflüssig, nur du bist mir wichtig. Ich schäme mich für diese Liebe, weil sie so viel größer ist als ich. Sie reißt mich mit ihrer ganzen Kraft mit. Und sie macht mich befangen. Wenn ich Künstlerin wäre wie du, würde ich mich an meine Wahnvorstellungen klammern und sie in etwas Künstlerisches umsetzen, aber ich habe keine. Ich habe nur Beklemmungen, die nach Vorahnung schmecken. In mir ist eine Stimme, die manchmal spricht. Sie sagt, ich soll aufhören, mit beiden Beinen auf die Erde zurückkehren, wieder das zu meinem Maß machen, was ich bin, nicht das, was ich sein möchte. Ich weiß, dass ich dich liebe, Clara, aber das genügt nicht, um diese absurde Idealvorstellung von Gegensätzen, die sich anziehen, ergänzen und zu einer Einheit werden, aus meinem Kopf zu verscheuchen. Das Sichergänzen macht alle glücklich, weil es zweifellos schön ist, schlüssig und verlockend … Aber ich will dich abseits lieben können, fern von allen, ohne Gegensätze, die sich verbinden und ergänzen sollen. Ich möchte, dass wir unvollkommen bleiben, du und ich.«

Clara hat Tränen in den Augen, als sie sich an Rosa schmiegt.

»Ich war mit diesem Jungen zusammen …«

»Ich weiß, ich habe es gerochen.«

»Aber das war nichts, überhaupt nichts! Eine Laune. Eine dumme alberne Rache.« Sie drückt sie, bis sie fast erstickt.

Die beiden Frauen halten sich ganz lange fest umschlungen. Dann, wie soll es anders sein, lieben sie sich. Mit wütender, drängender Leidenschaft. Ohne sich um irgendwelche Schamgefühle zu scheren, entkleidet Clara Rosa und liebkost ihren Körper, von den Brüsten bis zur Möse, von der Möse bis zum After, bedächtig, hingebungsvoll. Sie dringt mit den Fingern, mit der Zunge in sie ein und widmet sich ganz und gar ihrer Lust. Rosa gibt sich vollkommen hin, wie sie es seit Jahren nicht getan hat, sie ist maßlos erregt und keucht, dass die Scheiben beschlagen.

4

Treff im Foro Italico

Damit die Vaseline nicht hinausfließt, steht Natale stocksteif da, den Hintern zusammengezwickt, aber er hat nur ein Gefühl von Kühle zwischen den Backen. Er macht sich in der Küche Kaffee und horcht auf die Geräusche der anderen, die sich längst in ihre jeweiligen vier Wände zurückgezogen haben: Saro schnarcht wichtigtuerisch, Nicolas läuft zwischen dem Fenster im Esszimmer und dem eingeschalteten Fernseher in seinem Zimmer hin und her, Concetta und die Kinder schlafen tief und fest. Nur vom oberen Stock sind deutlich Stimmen zu hören, die Schritte von Santo und seiner Familie, als wäre helllichter Tag, und gleich nachher, wenn die Mädchen im Bett liegen, wird Natale auch das erstickte Stöhnen von Maria Grazia hören, die beim Beischlaf betet. Ihr Mann fickt sie jeden Abend, und damit die Kinder nichts mitkriegen, betet sie den Rosenkranz, wobei sie meistens bei der ersten Zeile des Ave Maria hängenbleibt. Deshalb heißt sie Maria voll der Gnade.

Das Fauchen der Espressokanne für zwei Tassen erinnert Natale daran, dass er sich beeilen muss. Hastig gießt er den ganzen Kaffee mit zitternden Fingern in eine Tasse und trinkt ihn auf einen Zug. Bitter. Wie Gift. Er träufelt sich fünfzehn Tropfen Lexotan auf die Zunge. Bitter. Wie Gift. Aber sein Mund ist den Geschmack gewöhnt. Er schaltet das Licht in der Küche aus, läuft im Dunkeln zum Eingang und schließt, als er das Haus verlässt, behutsam die Tür hinter sich. Die Straße liegt verlassen da, abgesehen von den beiden Autos, die stur einander gegenüberstehen. An die hat Natale gar nicht mehr gedacht, und so streicht er ruckartig wie ein Gecko an der Mauer entlang, lautlos, flüchtig, besser vor Rissen als vor glatten Stellen getarnt. Die Angst vor Entdeckung sitzt ihm im Nacken, und instinktiv kneift er den Hintern noch fester zusammen. Niemand weiß von seinen nächtlichen Ausflügen, nicht mal Suellen, der er sonst alles erzählt. Das hat er die ganzen Jahre über gut hinbekommen, er hat sich nie erwischen lassen, konnte sich absentieren dank seiner Namenlosigkeit von Kindesbeinen an. Natale ist durchsichtig. Er ist da, aber man sieht ihn nicht. Er ist jemand, den man im Vorübergehen nicht bemerkt, und bei wichtigen Gesprächen hat Natale meist nicht viel zu melden.

Er entspannt sich, als er den Multipla erreicht und feststellt, dass die beiden anderweitig beschäftigt sind, und ihn erregt der Anblick der nackten Frauen, die sich ineinander verknäult gegenseitig lecken. Natale beobachtet sie aufmerksam, um kein Detail zu verpassen, bis er aus dem Augenwinkel die Uhr am Armaturenbrett sieht: ein Uhr vierzig. ›Nino wird bestimmt schon nervös!‹, denkt er. Er wirft einen letzten Blick auf die laszive akrobatische Übung und setzt widerstrebend seinen Weg fort. Es ist spät. Er muss los.

Natale geht achtlos an dem Punto vorbei, schleicht rasch

die Mauer entlang bis ans Ende der Gasse und biegt um die Ecke. Hier fängt das Leben an, die Freiheit. Natale holt tief Luft angesichts der sich verbreiternden Straße mit der gefährlichen Kreuzung. Ohne Rücksicht auf Verluste rasen hier Autos, Lastwagen, Mofas vorbei. Doch die Gefahren der Straße flößen Natale nicht so viel Angst ein wie sein Zuhause. Draußen fühlt er sich sogar in Sicherheit. Erleichtert durch den Pakt des Unbeteiligtseins, den er mit der Welt geschlossen hat.

Auf der Straße ist er niemandem etwas schuldig. Er bittet nicht um Hilfe. Er hat weder Feinde noch Freunde, noch erhält er Gefälligkeiten, denn Dankbarkeit ist ein brüchiges Band. Natale weiß, dass man ihm nicht um seinetwillen helfen würde, sondern aus Stolz und Angeberei, und es wäre eine weitere Schmach, auch noch das Objekt anderer Leute Selbstsucht zu werden. Ihm reicht seine Familie, die ihn unter dem Vorwand, ihn zu beschützen, ein Leben lang unterdrückt. Noch schlimmer ist es, sich zu irgendetwas verpflichtet zu fühlen. Es gibt nichts Unangenehmeres als eine Gefälligkeit, die einem zuteil wird. Weil es keinen Mittelweg gibt, entweder man revanchiert sich oder man ist gedemütigt. Ein stolzes Gemüt wie das seine zerbräche unter der Last eines Gefallens und könnte außer Hass auf den Wohltäter nichts mehr empfinden.

Treffpunkt ist vor dem Tor des Asphalt- und Bitumenwerks Ancione, wo Nino schon in seinem gelben Smart wartet.

Nino kommt immer zu früh. Als wollte er Natale ärgern, der sich regelmäßig verspätet.

»Viertel nach eins war ausgemacht, Natà … Wo hast du denn gesteckt, verdammt noch mal?«

»Der Kaffee ist nicht durchgelaufen, ich musste noch mal welchen machen.«

Als Natale einsteigt, schaltet er als Erstes sein Handy an, und fast gleichzeitig treffen fünf Nachrichten ein. »Endlich hat das Scheißding Empfang!«, ruft er, als er sich vorbeugt um die SMS zu lesen.

»Soll ich mitkommen, Alter?«

»Nein, heute nicht. Ich gehe lieber allein, Nino, sei mir nicht böse.«

»Wieso? Sehe ich so aus, als wäre ich dir böse? Ist doch einfacher allein.«

»Allerdings, das war ja eine Odyssee letztens …«

»Wieso ist eigentlich die Via Castellana gesperrt?«, fragt Nino, das Thema wechselnd.

»Ach, immer der gleiche Quatsch. Ein Auto ist stecken geblieben, und mein Vater hat Samira dazu verdonnert, die Stellung zu halten, damit er wie üblich sein Geschäft damit machen kann.«

»Aha … Was ist, können wir fahren?«

»Klar, worauf wartest du? Fahr zu!«, drängt Natale und sieht ihn schräg an.

»Ich muss tanken«, sagt Nino, während er den Smart im Leerlauf die abschüssige Straße hinunterrollen lässt, aber Natale schreibt seine SMS und hört schon nicht mehr zu.

Als die Ampel in der Via Anwar Sadat auf Grün springt, fahren sie in Richtung Meer. Sie passieren den Obst- und Gemüsemarkt und halten direkt gegenüber vom Ucciardone-Gefängnis an der Erg-Tankstelle, die Tag und Nacht geöffnet hat.

»Zehn Euro«, sagt Nino zu dem Tankwart.

»Ich hole mir ein Bier. Willst du auch eins?«, fragt Natale, während Nino seine Geldbörse aus der Tasche seiner Jogginghose zieht.

»Nein danke. Wenn ich jetzt schon was trinke, kriege ich nachher eine Tracht Prügel von meiner Frau.«

»Ich habe dir doch gesagt, du sollst sie anzeigen! Es kann doch wohl nicht wahr sein, dass du dich von einer Frau fertigmachen lässt!«

»Die ist stark. Wenn ich sie anzeige, schlägt sie mich grün und blau, die bringt mich um.«

Natale überquert lachend die Straße. Er betritt die Bar gegenüber der Zapfsäule und stellt sich die Frau vor, wie sie Nino in den Arm nimmt und an seinen Ohren knabbert. Nino ist klein, sehr klein für einen Mann. Neben ihm wäre jede Frau ein Koloss. Aber dieser Fleischberg von seiner Frau, dieses boshafte Mordstrumm, übertreibt es einfach: Ihr breiter muskulöser Rücken ließe einen Bodybuilder in seinen besten Zeiten vor Neid erblassen.

»Ein Poretti, bitte.« Der Barmann reicht ihm das Bier, das sich auf Moretti reimt, und Natale zuzelt sofort an der Flasche, als wäre sie eine milchpralle Brust, dann zahlt er und geht hinaus zu Nino, der inzwischen mit einer kleinen verbotenen Wende an der Bar vorgefahren ist.

Die Fahrt führt an einem riesigen Schiff der Grimaldi Lines vorbei, das, mit Millionen Brillanten geschmückt, im Hafen liegt und auf dem gesellschaftlicher Hochbetrieb zu herrschen scheint. Natale beugt sich zu Nino hinüber und bewundert durch das Seitenfenster das Glitzern der zehn Etagen, die sich im Wasser spiegeln.

»Hör auf, Natà, ich kann nicht schalten, wenn du auf meinen Arm drückst!«

»Entschuldige, ich war ganz versunken. Mensch, Alter am liebsten würde ich da mitfahren. Ohne Rückfahrkarte Einfach abhauen aus dieser Scheißstadt!«

»Red keinen Quatsch und mach dein Fenster auf, man kriegt ja keine Luft.«

Heiß schlägt ihnen, besonders an ungeschützten Stellen, die Luft entgegen, als würde ein gigantischer Fön dem Allmächtigen die Haare trocknen, und auf Höhe des kleinen Hafens Cala haben sie das Gefühl zu ersticken. Die alte Stadtmauer von Palermo verläuft entlang dem Foro Italico, das gleich hinter der Kurve auftaucht. Eine ausgedehnte Wiesenfläche hat die Küstenlinie um mehrere Hundert Meter verschoben, dort ist das Meer nach dem Zweiten Weltkrieg über ein halbes Jahrhundert als Schuttplatz missbraucht worden, ein Streifen Niemandsland, teils von Zigeunern und Schaustellern und teils von Müll und Korruption belegt. Eine richtige Schranke, eine Blende, welche die Stadt vom Meer abgetrennt hat. Palermo ist dem Wasser nicht etwa näher gerückt, im Gegenteil, denn obwohl man durch eine Straßenschlucht in der Altstadt bisweilen ein Stück von einem Schiff auftauchen sieht, das zwischen den Häusern treibt, wendet die Stadt dem Meer doch den Rücken zu. Mit dem Unterschied, dass die Palermitaner – wenigstens jetzt, da nach der Sanierung das ganze

Areal eine neue Gestalt bekommen hat – auf der ungefähr dreiunddreißigtausend Quadratmeter großen Rasenfläche spazieren gehen können.

Der Rummelplatz und das gleißende Licht, das die alte Promenade beleuchtet hat, sind längst verschwunden. Natale kann sich gut an die Schausteller erinnern, die gegenüber der Porta Felice gearbeitet haben. Er war fast jeden Abend nach Ladenschluss dort und lieferte für den Vater Kichererbsen und Kürbiskerne aus, und dann aß er bei Ilardo, der besten Eisdiele Palermos, an der Uferstraße gelegen, eine köstliche Brioche mit Eis. Genussvoll schleckend schlenderte er zwischen Achterbahn und Geisterbahn herum. Er fand es toll, wenn die Männer kreischten und sich, obwohl sie Männer waren, vor Angst in die Hose machten. Ein einziges Mal fuhr er mit dem Tagada, ohne Eintrittskarte, und als er völlig fertig ausstieg und der Magen sich ihm umdrehte, schwor er sich: »Nie wieder.«

Wo es die Betreiber des Rummelplatzes wohl hinverschlagen hatte? Eines Tages waren sie verschwunden. Natale erfuhr erst einige Zeit später, dass sie auf üble Art und Weise verjagt worden waren. Tatsächlich hatte die Stadtverwaltung im Jahr 2000 beschlossen, im Zuge der Baumaßnahmen anlässlich der großen UN-Konferenz über das organisierte Verbrechen Schausteller und Zigeunerlager umzusiedeln.

»Wie viel Uhr ist es, Nino?«, fragt Natale unvermittelt ohne bestimmten Grund.

»Zehn nach zwei.«

»So spät schon!«

»Wir sind gleich da, Alter. Bist du mit jemand verabredet?«

»Nein.«

»Dann kann es dir doch egal sein, wie spät es ist. Der Abend hat gerade erst angefangen.«

»Wenn du meinst ...«

»Ich lass dich nachher raus, und wenn ich jemand finde, fahre ich mit ihm mit. Ich hab keine Lust dazubleiben. Der ganze Dreck ist echt zu eklig. Und du? Lässt du dich von jemand mit dem Auto mitnehmen?«

»Mach dir keine Sorgen, ich kann ja dann zu Fuß zurück.«

»Klar, zu Fuß ... Du stirbst doch bei der Hitze!«

»Ich werde schon nicht sterben, Ninuzzo ... Ich laufe gern. Wirklich!«

»Blöder Wichser! Hast du deinen Blinker beim Angeln verloren oder was?«, schreit Nino durch das geöffnete Fenster einem Mercedesfahrer hinterher, der ihn beim Überholen geschnitten hat.

Jetzt, wo man ein bisschen was vom Meer sieht, ist es schöner, am Ufer entlangzufahren, denkt Natale, während seine Augen im Zickzack zwischen den zweitausend knallbunten, fünfzig Zentimeter hohen Keramikprinzessinnen hin und her sausen, die mit geschwellter Brust auf dem Gehsteig des breiten Foro Italico defilieren. Der Entwurf stammt von einem Mailänder Architekten; er hat sich von einer Büste der Eleonore von Aragon inspirieren lassen, die Francesco Laurana im fünfzehnten Jahrhundert geschaffen hat. Über einen Mittelkorridor – quasi das Entree im Haus der Herzogin –, der über eine Länge von zweihundert Metern von bunten oder goldenen Säulen gesäumt und von einem riesigen grünen weichen Teppich umgeben ist, gelangt man in den Salon mit halbkreisförmig angeordneten Majolikasofas und Blick auf die wunderschöne Bucht.

»Warum haben die so einen Schickimickimist aus der Scheißpromenade gemacht? Was sollen eigentlich diese komischen Kegel da?«, fragt Nino, ohne den Blick von der Straße zu wenden. Er ist klein, das Lenkrad nimmt ihm die Sicht, und er muss konzentrierter fahren als andere Leute.

»Das sind Kegel, aber man kann sie nicht klauen, sie sind in den Gehsteig einbetoniert, sonst würden hier alle Bowling spielen. Hättest du nicht Lust, sie umzuschmeißen, Nino?«

»Vorher war es besser, Alter, es war lustiger mit dem Rummelplatz, auch wenn man vom Meer nichts gesehen hat.«

»Wie wahr!«, antwortet Natale und dreht sich zur anderen Seite, wo an der Porta dei Greci die heilige Rosalia auftaucht. Die beiden bekreuzigen sich automatisch und schicken noch einen Luftkuss hinterher. Dort – vor der Porta d'Africa, wie die Porta dei Greci am Rande der Kalsa, dem berühmten arabischen Viertel, auch heißt – ruht Rosalia nach der anstrengenden Prozession quer durch die Stadt. Nach dem Fest wird der Karren mehrere Monate ausgestellt, damit die Palermitaner sich den Segen der Heiligen abholen können. In Palermo wird das Fest der heiligen Rosalia groß gefeiert, so groß, dass die Inszenierung jedes Mal mindestens eine Million Euro kostet, oft sogar zwei.

»Halte kurz an der Bar Rosanero, ich hole noch ein paar Bier«, sagt Natale, als Nino schon geblinkt hat und nach links eingeschert ist um abzubiegen.

»Scheiße, warum sagst du das erst jetzt? Die bringen mich um! Wie soll ich denn jetzt da rüber!«

Nino reißt das Lenkrad nach rechts, woraufhin die Fahrer hinter ihnen gotteslästerlich fluchen. Doch das kümmert Nino wenig, und er parkt vor der überfüllten Bar an der Piazzetta Porta Reale.

»Da ist die Hölle los! Kannst ruhig schon fahren, wir treffen uns nachher wieder, und wenn nicht, dann nächster Sonntag um die gleiche Zeit bei Ancione«, sagt Natale, den das schlechte Gewissen drückt, weil Nino so geduldig alles mitmacht.

»Nein, Alter, ich warte! Ich hab's nicht eilig. Bring mir zwei Rubbellose zu einem Euro mit!«

Natale steigt rasch aus und kommt zehn Minuten später mit zwei Flaschen Bier wieder, von denen eine schon halb leer ist.

»Nimm die Lose aus meiner Tasche. Ich hab dir auch noch eins für einen Fünfer mitgebracht.«

Nino fasst aufgeregt in Natales Hosentasche, fischt die Kärtchen heraus und beginnt sofort mit dem Nagel des kleinen Fingers zu rubbeln.

»Nichts … wieder nichts … da auch nicht … Sauerei! Einmal habe ich bisher gewonnen! Da hab ich das blöde Los nicht mal gekauft, es lag vor einem Tabakladen auf der Straße, unversehrt, da hab ich einfach so gerubbelt, ohne große Hoffnung. Scheiße, dreihunderttausend Lire hab ich gewonnen! Da hatten wir noch Lire, da waren dreihunderttausend viel Geld.«

»Jetzt fahr schon, Ninuzzo, es ist echt spät!«

Gegenüber der Piazzetta Porta Reale befindet sich in der Gegenrichtung ein großer Parkplatz, auf dem Autos mit eingeschalteten Scheinwerfern ständig im Kreis fahren. Dahinter erstreckt sich die Grünanlage bis ans Ufer. Der Smart biegt in das Stricherquartier ein, in dem man Ringelreihen fährt oder am Rand steht und darauf wartet, sich per Blick mit einem eventuell passenden Partner zu verständigen.

Nino fährt mindestens drei oder vier Runden nah an mehreren Autos vorbei, um einen Blick hineinzuwerfen, bis Natale beschließt, sich von seinem Freund zu trennen.

»Ciao, Alter, heute probiere ich es mal alleine. Nächsten Sonntag unternehmen wir was mit den Jungs, ja?« Natale öffnet die Tür und steigt aus.

»Wenn du nachher mit zurückwillst, und ich bin nicht mehr da, kannst du mir eine SMS schicken, dann hole ich dich ab, wenn ich fertig bin«, schreit Nino, den Motorenlärm der fahrenden Autos übertönend.

»Keine Sorge, ich komme schon zurecht. Ciao!«

»Ciao, Alter!«

Nino dreht noch eine Runde und verliert sich nach einer Weile im ewigen Trott sexuellen Pilgerns. Hier ist jeder auf der Suche. Krampfhaft. Mit einem einzigen Gefühl: dem Gefühl der Begierde. Hauptsache ficken und sich amüsieren. Der Liebe geflissentlich aus dem Weg gehen. Sich amüsieren, aber nicht lieben. Nie. Auch nicht den Anspruch haben, selbst geliebt zu werden. Wozu jammernd, seufzend, leidend sich verschleißen, es geht allein darum zu vögeln, möglichst viele wechselnde Sexpartner zu haben, um nach Kräften dem Joch derjenigen etwas entgegenzusetzen, die mit Beständigkeit in der Liebe doch nur ein verzichtreiches Leben voller Opfer pflegen.

Viele Familienväter sehen sich im Vertrauen darauf, dass sich über kurz oder lang jemand findet, der ihnen Lust verschafft, auf diesem Grenzstreifen zwischen geparkten Autos und Grünanlage um.

Hin und wieder steuert ein Mann, den Blick fest auf einen anderen geheftet, auf das Gebüsch zu. Wenn der andere wie erhofft mitgeht und sich als passend erweist, vollziehen sie den Akt, ansonsten kommen beide zurück zum Sehen und Gesehenwerden.

Tempo und Haltung variieren je nachdem, ob die Männer die Anlage betreten oder verlassen: solange sie nach Beute Ausschau halten, stehen sie reglos da; wenn sie jemanden entdeckt haben, steuern sie mit langsamem, sinnlichem Gang und einladenden Blicken auf die Büsche zu; wenn sie wieder herauskommen, bewegen sie sich linkisch und hastig.

Wie eine Hure, die gern ihrem Beruf nachgeht, flieht auch Natale vor der Liebe und sucht die Lust, seit fünf Jahren schon bietet er auf diesem Pfad fern der Familie großzügig die Vase für die Rosenbündel, die er von den Unbekannten bekommt.

Ein schrottreifer Autobianchi mit zwei Männern hält neben ihm, und Natale erwidert das Lächeln des Jüngeren, der am Steuer sitzt und gleich fragt: »Wie alt bist du?«

»Einunddreißig.«

»Stecher oder Loch?«

»Loch.«

»Hast du Lust auf einen Dreier?«

»Zeig mal.«

Der Mann steigt aus, tritt zu Natale und lässt seinen Schwanz aus den sehr knappen Shorts herausschauen.

»Ok, bin dabei.« Ohne ein weiteres Wort abzuwarten, schlüpft Natale auf die Rückbank. Sie drehen eine letzte Erkundungsrunde und verlassen dann den Höllenkreis der Wollust in Richtung der sicheren Küstenstraße, die aus der Stadt hinausführt.

Mit einer Prise Mut und Fatalismus überlässt Natale sich seinem Schicksal und hofft, dass alles gutgeht. Aber ihn erregen auch das Unbekannte, die ewige Gefahr, der er sich jedes Mal aussetzt, und der Gnadenerweis, wenn er, erschöpft von Alkohol und Sex, wohlbehalten wieder zu Hause ankommt.

Der ältere Mann steuert schweigend den Wagen, während der andere sich zu Natale umgedreht hat und ihn lüstern mustert.

»Bist du verheiratet?«

»Ja.«

»Was arbeitest du?«

»Bei meinem Vater, wir haben einen Laden an der Piazza Maggione, geröstete Kichererbsen und Kürbiskerne.«

»Zeigst du ihn mir?«

Natale löst das Bändel und schiebt die Hose hinunter. Er trägt ebenfalls keine Unterhose und präsentiert seinen halb erigierten Schwanz.

»Darf ich mal probieren?«

»Meinetwegen …«

Der junge Mann klettert auf die Rückbank, nimmt Natales Schwanz in den Mund und fängt verzückt an zu lutschen. Als der Mann am Steuer einparkt, spritzt Natale dem Jungen in den Mund ab, und der schluckt das Getränk, damit nichts bekleckert wird. Zumindest versteht Natale das so, als der Mann meint, sich rechtfertigen zu müssen: »Es ist so heiß, ich hatte Durst!«

»Wir sind da, Fortunato«, erklärt der Ältere und steigt ungeduldig aus. »Komm schon!«

»Und wie heißt du?«

»Natale.«

»Ich bin Fortunato, und das ist Salvuccio.« Der junge Mann stellt sich mit Handschlag vor und zeigt dann auf den Älteren, der bereits ausgestiegen ist und das Tor aufschließt.

»Angenehm«, sagt Natale und zieht seine Hose hoch, und als er aussteigt, würde er plötzlich am liebsten abhauen.

»Salvuccio wohnt hier. Er lebt allein. Hast du kapiert, wo wir sind? Am Anfang der Via Messina Marine, ein paar Minuten von der Porta Reale. Es ist ganz nah, du kannst später auch zu Fuß zurück.«

Sie durchqueren eine weiträumige Eingangshalle, gehen durch eine Tür, die genauso aussieht wie ein Dutzend weiterer Türen, und fahren mit dem Lift in den vierten Stock. Als sie die Wohnung betreten, entschuldigt sich Salvuccio: »Meine Frau ist vor mir gestorben, man sieht der Wohnung an, dass eine Frau fehlt. Es ist nicht aufgeräumt, bitte entschuldigen Sie!«

»Denk dir nichts, Salvuccio. Das stört Natale nicht.« Fortunato beruhigt ihn wie ein Sohn seinen Vater.

Auf dem Weg ins Schlafzimmer betrachtet Natale die beiden von hinten. Sie ähneln sich. Beide mager, ziemlich klein, die Haare fast stoppelkurz und grau meliert. Fortunato trägt ein weißes T-Shirt und Jeans, Salvuccio ein langustenrotes kurzärmeliges Hemd und eine graue Bundfaltenhose. Von hinten tun sie Natale richtig leid.

Das Erste, das Natale im Schlafzimmer auffällt, ist ein Silberrahmen auf dem Nachtkästchen mit einem Hochzeitsfoto von Fortunato und seiner Frau.

Natale muss immer zu dem Foto hinsehen, als einer der beiden ihn zum Bett schiebt und anfängt, ihn auszuziehen.

»Was ist, gefällt dir das Foto? Ich schau gut aus, was?«, flüstert Fortunato, der seinen Schwanz schon zwischen Natales Hinterbacken zurechtgelegt hat, ihm ins Ohr.

»Der Glückspilz Fortunato ist der Mann meiner Tochter«, eröffnet ihm Salvuccio, als er seine Hosen runterlässt.

5

Abtauchen

Am Montag hat der Scirocco schon in den frühen Morgenstunden erschreckend zugenommen. Gewalttätig drängt er in jeden Winkel, gebiert aus Wirbeln neue Wirbel, die Gegenstände vom Boden aufsaugen und durch die Luft kreiseln lassen. Der knallende Wind fährt allen, Klein und Groß, in die Glieder. Es klingt wie ein Erdbeben. Die Lebensgefahr, die man auf der Straße spürt, ist Grund genug, das Haus nicht zu verlassen. Wer erst im August Urlaub hat, freut sich über einen faulen freien Tag, wer bereits Ferien hat, verflucht den Sommer. Die sizilianischen Städte sind für Naturkatastrophen nicht gerüstet und wie gelähmt, wenn Regen, Wind, Schwüle, Lava überhandnehmen. Außerdem haben die Sizilianer den Hang, sich zum Schutz vor Unfällen und Unheil zu verkriechen. Man geht nicht in die Schule, man geht nicht arbeiten, man geht nicht einkaufen. Das einzig Sinnvolle ist, zu warten, bis das schlechte Wetter vorbei ist.

Wenige Leute rennen an dem Morgen die windgebeutelte Gasse entlang, instinktiv geduckt, als schlügen ihnen Kugeln um die Ohren. Äste brechen, Sachen fliegen von den Dächern, die Menschen fluchen gotteslästerlich anstatt zu reden, und die streunenden Hunde, noch aggressiver als sonst, jagen, was sich bewegt. Aber vor allem kriegt man draußen keine Luft. Der Scirocco raubt einem den Atem, dass man fast erstickt.

Als das Viertel erwacht, sind die beiden Autos noch nicht weggeflogen. Sie stehen ungefähr an der gleichen Stelle wie tags zuvor.

Rosa, am Steuer, hat sich im Multipla verbarrikadiert, die Klimaanlage läuft auf Hochtouren, der Motor ist eingeschaltet, damit sich die Batterie nicht entleert. Sie lächelt zwischen ihren zerzausten Haaren hindurch und beobachtet die schräge Malerei der Freundin. Clara ist guter Dinge aufgewacht und hat die unbezwingbare Lust verspürt, die Mauer an der Via Castellana Bandiera zu bemalen. Wo sie ist, sind auch Farben, sie hat eine Sprühdose aus dem Kofferraum geholt, doch das Spray hält gegen den Wind nicht stand, und schon beim dritten Sprühstoß ist Clara selbst mit Lack besudelt.

Nicolas, der als Erster der Familie die Straße betritt, grüßt Clara mit einem besorgten Blick auf ihr morgendliches Tun.

»Ciao!«

»Ciao!«

»Alles klar?«

»Ja!«

»Was malst du da?«

»Ein Pferd … Kennst du den *Triumph des Todes*?«

Clara bereut die bescheuerte Frage sofort, ihr ist klar, dass es für jemanden wie Nicolas keinen Anlass gibt, in das Museum im Palazzo Abatellis zu gehen und das große Fresko zu bewundern, das sogar Picasso inspiriert hat. Nicolas starrt in der Tat blöde auf die Mauer und versucht wohl, sich in dem konturlosen Flecken etwas wie eine Gestalt vorzustellen. Aber er sieht nichts. Er ist verlegen.

Nicolas hat zu viel Geist für einen Kellner und zu wenig für einen Intellektuellen. Wie ein geprügelter Hund schleicht er in Gedanken an den Triumph seines alltäglichen Elends auf Samiras Auto zu, da schickt ihm zur Bestätigung, noch bevor er den Punto erreicht, ein Windstoß weithin vernehmlich die verhasste Stimme seines Erzeugers hinterher.

»He, wer hat gesagt, dass du runtergehen sollst?«

Nicolas dreht sich nicht zu dem Fenster um, aus dem sich der Vater lehnt, er geht weiter und hält sich die Ohren zu, hofft inständig, er möge schweigen.

»Rauf mit dir!«

»Ich komme gleich, Papà, ich schaue nur nach Samira.«

»Rauf, habe ich gesagt! Auf der Stelle! Lass mich das nicht zweimal sagen, sonst komme ich runter und dreh dir den Hals um! Du Missgeburt du …!«

Zum Glück dreht jäh der Wind, und Nicola hört den Rest nicht. Das T-Shirt aufgebläht, die Haare aus der Stirn geweht, nähert er sich dem Punto, ein Auge hat er geschlossen, das andere weit geöffnet: Samira schläft tief und fest, der Kopf rutscht ihr langsam auf die Schulter und ruckt wieder zurück, Schläfen und Wangenknochen sind erdbraun gefleckt, sie sitzt angespannt da, steif, die Hände fest am Lenkrad, hart springen wie uralte Wurzeln die Adern hervor. Als bei einer scharfen Windbö das Auto wackelt, nickt Samiras Kopf nach vorn, und Nicolas fühlt sich vom Lächeln auf ihren Lippen in seinem Eindruck bestätigt, dass Sasà dem Vater zustimmt: »Tu was er sagt, geh rauf.« Nicolas ist seit jeher der festen Überzeugung, dass Sasà im Dialekt denkt, obwohl er sie nie palermitanisch hat reden hören.

»Komm, Nicolas, ich bringe dich nach Hause. Wir gehen zusammen rauf. Ein halbes Stündchen noch, dann ist alles vorbei, dann hat dein Bruder Santo die Runde durch die Nachbarschaft gedreht.« Wie aus dem Boden gewachsen steht unversehens Filippo da, und indem er leise auf ihn einredet, hängt er sich bei Nico ein und schleppt ihn gegen den Wind in Richtung Haus.

»Dein Vater sagt dir dann schon, wann du Samira wecken und zur Vernunft bringen kannst. Es geht ihr gut, keine Bange, ich hatte sie die ganze Nacht von meinem Balkon aus im Auge.«

»Wie machst du das eigentlich, dass man dich nie kommen sieht, Filippo? Bist du eine Vision oder bist du echt?«, scherzt Nicolas.

»Das ist keine Zauberei, du kannst das auch. Du brauchst den anderen nur weiszumachen, du wärst unsichtbar, auch wenn sie dich sehen. Guten Morgen, Signorina.«

Filippo grüßt Clara leise, damit sie, in ihre Malerei vertieft, nicht vor Schreck zusammenfährt. »Da hast du den Beweis. Sie sieht mich nicht! Aber die gilt nicht, bei der ist eine Schraube locker.«

Er verschwindet mit Nicolas und wirft die Tür hinter sich zu und zurück bleibt das Echo seiner Rede.

Die Hitze schiebt sich in den Morgen hinein und nimmt die Lust auf jede Bewegung. Man hängt schlapp über dem Balkongeländer oder schleppt sich, nach Luft ringend, an der Mauer entlang, um aus der Nähe nach dem trauten Dasein in den beiden Autos zu schielen. Alles ist flatternd ausgebremst, gedämpft. Mühsam der Tanz mit dem Wind.

Gegen halb zehn lässt Clara, benommen von der Hitze und mit verstopften Ohren, von ihrem Wandgemälde ab und flüchtet sich vor dem Sommer ins Auto.

»Es ist ja eiskalt hier drin, mach die Klimaanlage aus, die bringt uns noch um.«

Clara stellt die Lüftung auf Null, lässt die Seitenfenster herunter und schaltet den Motor aus.

»Was meinst du, warum sie sich nicht bewegt?«, fragt Rosa, ohne sich über den abrupten Temperaturanstieg zu beschweren.

»Wer?«

»Die Alte, warum bewegt sie sich nicht?«

»Keine Ahnung ... Mir ist ein Rätsel, wie sie in dem hermetisch abgedichteten Auto überhaupt Luft kriegt.«

»Das kann ich dir sagen. Sie macht es extra, damit man hinguckt.«

»Wer denn?«

»Wir natürlich! Auf die Weise zieht sie die Aufmerksamkeit auf sich«, sagt Rosa, löst die Handbremse und beobachtet Samira, während das Auto mit dem Punto im Sog rückwärts rollt. ›Ist das alles, was du kannst?‹, denkt sie. Doch Samira sitzt da wie ausgestopft. Sie sitzt gleichgültig nach vorn gebeugt, den Kopf ans Lenkrad gelehnt.

»Die sieht aus wie tot, Rosa!«

»Ich sag's dir, sie macht das absichtlich.«

Rosa richtet sich auf, drückt auf die Bremse, lässt das Seitenfenster herunter und schreit: »Okay, du hast gewonnen, wir lassen dich vorbei! Zieh die Handbremse und lass mich zurückfahren. Ich fahre in die Seitenstraße, dann kannst du vorbei! Hast du gehört?«

Samira kümmert das alles nicht im Geringsten. Sie will nicht mehr spielen. Sie will nur noch schlafen. Sie will nichts mehr verstehen. Sie will auch nicht mehr essen. Sie ist müde. Und jetzt sieht Rosa sie so erstaunt an, als würde sie zu begreifen versuchen. Aber was? Samira nimmt nichts mehr wahr. Sie hört die Stimmen nicht, die der Wind zu ihr trägt. Sie ist müde. Sie will schlafen. Samira sieht nichts und hört nichts, ist nicht traurig und nicht durstig, sie ist nicht erhitzt, sie erinnert sich an nichts, sie ist nicht gefangen, sie schwitzt nicht, sie weint nicht, sie lacht nicht, sie ist nicht wütend, sie leidet nicht, sie atmet nicht. Ihr Kopf füllt sich mit Wasser, ihr wird eng in der Brust bei dem Gedanken, die sie erwartende Schmach auf sich zu nehmen, noch einen Schritt irgendwohin zu tun, in irgendeiner Ecke der Küche oder am Fuß des Bettes zu versauern. Es kümmert Samira nicht im Geringsten, da vorbeizukommen. Wie ein Fisch sich zwar an das Leben im Aquarium gewöhnt hat, aber immer das Meer sucht, verspürt sie das Bedürfnis, in die Erde zurückzukehren, bevor sie zu stinken anfängt. Gleich hier würde sie mit dem Spaten ein Grab ausheben, sie würde niemanden bemühen, keinen Platz für die Beisetzung verlangen. Das Auto ist ihr als Sarg längst gut genug.

Samira will nicht verstehen, sie will nicht mehr spielen. Sie will nur noch schlafen. Sie ist müde. Sie will schlafen.

Im Handumdrehen haben Filippo, Saro, Santo und Salvatore ihren Plan in die Tat umgesetzt. Die Modalitäten für die Wette haben sich mittels Zettelchen, Telefonanrufen und Weitersagen rasch in der Nachbarschaft herumgesprochen. Nach bewährter Manier hat man gewettet, ohne einen Fuß vor die Tür zu setzen, und die meisten haben siegesgewiss ein hübsches Sümmchen auf Samira gesetzt.

Salvatore ist frühmorgens von Haus zu Haus gegangen, wie ein Pfarrer mit Klingelbeutel, während Santo die Mitspieler schwören ließ: »Mir steht nichts zu, falls ich die Wette verliere.«

Um Viertel nach zehn sind Filippo und Saro so weit, Samira den Rückzug anzuordnen. Hingefläzt auf dem Ledersofa mit dem Baumwollstoff, der dauernd verrutscht, zählen sie wortlos Geld. Salvatore kramt immer noch mehr Geld aus seinen Hosentaschen, während Saro die Namen der Spieler und ihren jeweiligen Einsatz auf einem Blatt Papier ins Reine schreibt. Alle haben auf Samira gesetzt, außer Filippo natürlich, und es sind sage und schreibe dreitausend Euro zusammengekommen. Keine schlechte Beute, wenn man bedenkt, dass beim letzten Duell, zu dem sich kurz vor Silvester die Gelegenheit ergab, nach dem weihnachtlichen Saus und Braus und dem Geschenkewahn die Leute den Daumen auf dem Beutel hatten.

»Papà, Felice kommt mit seiner Frau«, kündigt Santo an.

»Wieso schellt der nicht?«, sagt Saro eine Sekunde bevor

ihn anhaltendes Klingeln vom Sofa reißt. »Jetzt kommt er statt am Sonntag am Montag! Was haben meine Kinder bloß im Hirn! Mach auf, Santo. Und du, Salvatore, brauchst nicht weiterzusammeln, die Unentschlossenen spielen nicht.«

»Aber Signora Pinuccia wartet, dass ihr Mann aufsteht, ich habe versprochen, um elf wiederzukommen.«

»Mir egal, es ist schon spät, wir dürfen nichts riskieren. Geh zu Domenico Geraci, er soll die Absperrungen wegmachen, beeil dich, wenn die Carabinieri kommen, haben wir die Kacke am Dampfen. Filippo, räum alles weg, Felice darf nichts von der Geschichte wissen. Zähl nachher weiter, los, schnell! Nicolas? Nicolas! Wo zum Teufel steckt der Nichtsnutz, der ist nie da, wenn man ihn braucht! Nicolas!«

»Du hast ihn auf sein Zimmer geschickt, Papà«, erinnert ihn Santo; er dreht den Schlüssel um, macht die Tür des Esszimmers weit auf und geht an die Haustür, um Felice hereinzulassen, den er durch die halbgeschlossene Jalousie hat kommen sehen. Salvatore folgt ihm wie immer auf dem Fuß.

Hastig rafft Filippo die Stapel der nach Fünfzigern, Zwanzigern, Zehnern und Fünfern sortierten Scheine zusammen. »Concetta sollte doch Kaffee machen, oder?«, fragt er Saro, als er, sehr zufrieden mit dem Geschäft, das Geld einsteckt.

»Concetta! Concetta! Wieso muss ich eigentlich mein Leben lang schreien?! Nie kriegt man eine Antwort in diesem Haus! Die lassen mich immer hängen, diese Trottel!«

»Ich schau mal in die Küche.« Filippo geht los und klopft sich leicht auf die Hosentaschen, bevor er unauffällig seinen Schwanz auf die andere Seite schiebt.

Kaum hat Assunta das Haus betreten, verbreitet sich vom Eingang in den Flur und von dort in sämtliche Zimmer der Wohlgeruch frischer Blumen. Santo deutet ihn als sexuellen Duftstoff und lässt sich nicht die Gelegenheit zum Frotzeln entgehen, was seinen Bruder so wurmt.

»Schon erblüht der schönste Jasmin im Haus, kleine Schwägerin, so duftest du nach Blumen! Der Glückliche, der dich pflücken darf.«

»Der Glückliche bin ich, ich habe die Blume längst gepflückt.«

»Aber ja, Felice, daran zweifelt niemand. Denk dir nichts, ich scherze doch nur mit deiner Frau«, rechtfertigt sich Santo und geht schneller, denn der Bruder macht Anstalten, ihm zu folgen.

»Bin gleich wieder da!«, ruft Salvatore, bevor er die Haustür hinter sich zuzieht.

Die drei treten aus dem dunklen Flur ins Esszimmer, wo Sonnenlicht durch die Jalousienschlitze sickert und die Gesichter ein wenig heller sind.

Felice ist froh, dass die Deckenlampe ausgeschaltet ist.

»Ciao, Papà. Wie geht es Ihnen?« Assunta küsst Saro liebevoll auf die Stirn und setzt sich anschließend hinter die mundgeblasene Vase an den Esstisch.

Als Felice sieht, dass seine Frau in Sicherheit, nämlich hinter der Vase versteckt, oder, je nach Blickwinkel, von dem trüben Glas entstellt ist, hellt sich seine Stimmung auf, und er vergisst Santos anzügliche Bemerkung.

Er grüßt kühl den Vater und setzt sich aufs Sofa, den am weitesten vom Tisch entfernten Platz, und versucht auch den Bruder dorthin zu locken: »Wo ist denn deine Frau, Santo?«

»Oben, mit Cetty zugange, die hat heute Nacht Fieber bekommen.«

»Wann machst du eigentlich mal einen Sohn?«

»An mir soll's nicht liegen … Wir könnten ganze Horden von Jungs hier im Viertel haben. Sag das meiner Frau, die ist für die ganzen Mädchen verantwortlich.«

Widerstrebend und mit hängenden Gesichtern erscheinen Nicolas und Concetta in der Tür.

»Concetta, du solltest doch Kaffee machen!«, sagt Saro vorwurfsvoll.

»Ich hatte ihn aufgesetzt, aber dann hat der Kleine geschrien, und ich musste rauf. Filippo kümmert sich um den Kaffee.«

»Findest du es normal, dass ein Gast selber für sein Wohl sorgt? Du hast einen Knall, Concetta, du bist nicht zu retten.«

»Kann ich jetzt gehen, nachdem Sie mich vor allen Leuten beleidigt haben?«

»Los, beweg dich, geh einkaufen! Bleibt ihr zum Mittagessen, Felice?«

»Nein, Papà, wir gehen gleich wieder.«

»Das ist ja ganz was Neues. Immer zwischen Tür und Angel. Brauchst du Geld?«

»Hab ich dich jemals um was gebeten, Papà?«

»Wieso kommst du dann für fünf Minuten?«

»Ein Höflichkeitsbesuch.«

»Ein Höflichkeitsbesuch?«

»Ja.«

Nach ein paar Minuten Stille, die sich wie eine Schweigeminute anfühlt, beendet Saro die Angelegenheit und sagt spitz: »So, Feierabend, die fünf Minuten sind vorbei. Du kannst gehen.«

»Komm, alter Freund, sei friedlich. Musst du mit deinen Kindern immer streiten? Felice, du kriegst jetzt einen Kaffee.« Erst taucht das Tablett in der Tür auf, dann Filippo, der Vater und Kinder wie immer zu beschwichtigen versucht, nur dass er diesmal die Autogeschichte schnell über die Bühne bringen will.

»Hilf ihm, Concetta!«, knurrt Saro seine Schwiegertochter an, die aus Trotz stocksteif dasteht und zusieht, wie Filippo, dem der Kaffee aus den Tässchen schwappt, überall Spuren hinterlässt.

»Und du sag Samira, dass sie jetzt Platz machen kann. Mach schon, es reicht mit dem Theater!«, befiehlt Saro Nicolas und scheucht ihn vor die Tür.

»Aber sag's ihr heimlich, es muss aussehen, als wäre es ihre eigene Entscheidung, kapiert? Niemand darf mitkriegen, dass du ihr das gesagt hast. Und wenn du Mist baust, dann bringe ich dich wirklich um, Nicolas!«

Saro erwartet von seinem Sohn keine Widerrede und kehrt, seiner Sache sicher, gesittet ins Esszimmer zurück. Noch ein kleines Weilchen, dann sahnt er das größte Stück vom Kuchen ab.

»Schon wieder diese Geschichte, dass Samira die Straße belegt, Papà? Wann hört ihr endlich auf damit?«, fragt Felice den Vater.

»An mir soll's nicht liegen! Die Alte ist stur stehen geblieben, und die andere auch. Gib mir einen Kaffee, Concetta. Ich habe Nicolas runtergeschickt, er sagt ihr, dass sie Platz machen soll, hast du das nicht gehört?«

»Doch, doch … Was ist, Assunta, gehen wir?«

»Meinetwegen, ich bin fertig.«

»Wie geht's deinem Acker?«

»Wie schon. Es regnet ja nie. Die Erde trocknet aus, ohne Wasser gedeiht nichts. Schlecht läuft es, richtig schlecht. Was ist, Assunta, gehen wir?«

»Meinetwegen, ich bin fertig.«

»Willst du nicht Maria Grazia Hallo sagen? Ich rufe sie, sie ist in einer Minute da.«

»Meinetwegen, ich …«

»Nein, Santo, wir gehen. Wir haben es ziemlich weit. Und man fährt besser vormittags, bevor es so heiß wird. Jetzt komm schon, Assunta.«

»Meinetwegen, ich bin …«

»Grüß mir Suellen, Papà. Wie geht es ihr eigentlich?«

»Sie ist mit ihrem Mann im Zimmer und wartet bis sie dran ist. Du weißt doch, wenn sie und Concetta sich begegnen, ist der Teufel los.«

»Dieses Lumpenweib traut sich nicht her, nachdem sie sich gestern mitten auf der Straße so aufgeführt hat«, rechtfertigt sich Concetta.

»Schluss jetzt, Concè, kein Wort mehr davon!«, zischt Saro.

»Felice, du musst mich gegen solche gemeinen Übergriffe in Schutz nehmen!«

»Wo ist denn dein Mann?«

»Schläft.«

»Du kennst doch deinen Bruder Natale, für ihn ist das noch früh am Tag. Dem kannst du eine Bombe unters Bett legen, er schläft trotzdem«, antwortet Saro belustigt.

»Mein Mann kann mir nicht helfen. Er ist ganz blöd geworden von den vielen Medikamenten, die er nehmen muss.«

»Hör auf, Concetta, ab in die Küche und halt die Klappe, sonst knallt's!«, entfährt es Santo, der sich allmählich ärgert.

»Was ist, Assunta, gehen wir?«

»Meinetwegen, ich bin jederzeit ...«

»Wer ist hier ein Lumpenweib?« Einen Pantoffel in der Hand, den anderen am Fuß, steht Suellen im Umstandsnachthemd kampfeslustig in der Tür.

»Du!«, knallt Concetta ihr entgegen.

»Blöde Kuh, Drecksweib, Schlampe! Ich bring dich um!«

»Santo, mach das Licht an und halte Concetta fest, sonst haben wir hier in zehn Sekunden eine Schlägerei!«, prophezeit Filippo, während er die Fensterläden schließt und die Jalousie herunterlässt.

Wildes Gebrüll hallt durch das Viertel, es klingt, als würde im Hause Calafiore ein Schwein abgestochen.

Nicolas blickt zum Himmel. Er ist unschlüssig, ob er in die Wohnung hinaufgehen oder das Seitenfenster des Punto, in dem Samira sich abgekapselt hat, mit einem Stein einschlagen soll. Er würde sich selbst auch am liebsten ins Auto einsperren und alle ein für alle Mal zum Teufel schicken. Er hält diese Hölle nicht mehr aus, und wenn er in den Nachrichten Schreckensmeldungen über Familien hört, die von ihren Kindern ausgelöscht wurden, hat er im Grunde seines Herzens Verständnis für die Mörder. Seitlich an den Punto gelehnt, nimmt er seinen Kopf wie mit einer Zange in die Hände, ohne den Blick zu senken, aus Angst, Claras wachen Augen zu begegnen. Er schämt sich für seinen Vater und für seine sämtlichen Ahnen bis ins siebte Glied. Könnte er seine Verwandtschaft vom Erdboden verschwinden lassen, würde er das auf der Stelle tun, zudem in der Gewissheit, dass jeder ihm Recht gäbe. Weil solche Verwandten eine Pest sind, sie triumphieren immer und überall und erreichen mit Leichtigkeit ihr Lieblingsziel: den Kopf der anderen. Sie schlüpfen in das Haargewirr, bohren sich mit aller Kraft in den Kopf, um Blut zu saugen und sich zu nähren, und zerstören, was an Gutem in einem Gedanken steckt. Nicolas spürt diese Läuse samt ihren unter der Haut abgelegten Eiern und weiß nicht, wie er sie loswerden soll. »Unkraut vergeht nicht«, sagte seine Mutter immer. »Sogar um unser Grab werden uns die Calafiores noch bringen!«

Jetzt, da Wind und Schande durch das Viertel dröhnen, wird Nicolas fast verrückt. Zwinkernd wie ein Flipper sieht er nach vorn und zur Seite und sieht doch nichts. Er hält auch nicht inne, als er, im Nu seinen eigenen Willen zur Mäßigung Lügen strafend, Sasà blind vor Zorn mit der Faust droht. Bar jeder Vernunft greift er ihr gegenüber jetzt zum vertrauten scharfen Umgangston: »Aufmachen, habe ich gesagt! Sonst kracht's!« Er wackelt am Auto, tritt gegen die

Tür und schlägt mit den Fäusten dagegen. Er ist wie irr, die Augen blutunterlaufen, gepackt von einer grausamen Wut, die ihm in die Wiege gelegt wurde und von der er sich nie ganz wird befreien können.

Mindestens fünf Minuten vergehen, bis er merkt, dass Samira, obwohl sie hin und her schwankt und überall anschlägt, als einzige Reaktion die Farbe wechselt. Sie ist eine Statue aus Tuff, von der Zeit angenagt und sonnenfleckig. Nicolas zittern die Beine, sein Herz klopft in der Brust, als er sieht, dass Sasà nicht aufwacht. Er hält sein Gesicht ihr zugewandt, während er hilfesuchend den Körper automatisch zur Seite dreht. Rosa und Clara steigen, von einer schrecklichen Ahnung getrieben, sofort aus, und noch bevor sie den Punto erreichen, legt sich der Wind. Nicolas läuft ein Schauer über den Rücken. Er hat kalte Füße. Seine Zähne klappern. Rosa nimmt seine Hand und zieht sie an sich. Nach einer langen Minute treten alle drei an das Auto. Gemeinsam. Das Herz klopft ihnen bis zum Hals.

Samira umklammert mit einer Hand das Lenkrad und sitzt doch schlaff da. Sie bewegt sich nicht. Ihr Mund ist geöffnet, schief, und so viel Kraft liegt nur im Blick eines Menschen, der ein Wagnis eingegangen ist und sich auf die Stufe des Todes hinabbegeben hat.

»Keine Sorge, ich gehe nicht weit raus!«

Wie ängstlich Samira war, wenn Nicolas am Horizont verschwand.

Aber sie war glücklich. Sie zog die Schuhe aus und wartete am Ufer auf ihn, die Füße eingeweicht, hin und wieder leise aufschreiend. Halb erschreckten, halb erregten die großen Wellen Samira. Sie waren gemein, genauso gemein wie Samira, die Nicolas nur unter der Bedingung begleitete, dass er ihr, bevor er fischen ging, ein Loch buddelte. Sie liebte es, bis zum Hals im Sand eingegraben zu sein und ihm Albanisch beizubringen. Nicolas scheuerte sich die Hände wund, wenn er den Sand aus dem Sand schaufelte. Für Samira hätte keine Grube jemals tief genug sein können, aber Nicolas stieß jedes Mal auf Wasser.

»Bravo! Das ist gut für mein Rheuma!«, scherzte Sasà, wenn sie in die wabbelig feuchte Pfütze schlüpfte. Sie schwamm nie hinaus, niemals. Samira hatte Angst vor dem Meer. Sie verstand es nicht. Obwohl sie diese unendlichen Wassermassen, die eins werden mit dem Himmel, mehrmals überquert hat. Zu Fuß am Ufer war es schön, Schiffbruch zu erleiden. Sie stieg in dunkle Tiefen hinab, besuchte andere Welten, ließ sich Geschichten erzählen. Sie hielt Abstand zum Meer und entdeckte dennoch seine Geheimnisse.

Als sie einmal allein am Wasser saß, dank der vorgerückten Stunde eines Werktages in vollkommener Stille, lauschte sie dem Gespräch einer Familie (sie konnte sogar die Schwiegermutter und die beiden hysterischen Tanten an den Stimmen auseinanderhalten), die sich weit draußen auf einem einzelnen Schiff befand, so weit draußen, dass Samira es gar nicht richtig im Auge behalten konnte. Ein leuchtender Punkt, der auftauchte und verschwand, dem Auf und Ab der Wellen folgend, aus dem sich kristallklar die Stimmen lösten, als wären die Passagiere nur einen Steinwurf entfernt. Ungehindert und ungestört flog der Ton vom Boot zum

Ufer, und was auf dem Meer so fern erschien, war wie durch ein Wunder ganz nah zu hören. Es ging um etwas Heikles: Der Mann redete auf seine Schwiegermutter ein, zu ihren Schwestern, den alten Jungfern, zu ziehen und ihn und seine Frau ein für alle Mal in Ruhe zu lassen. Die Schwiegermutter weinte, und die beiden beleidigten Tanten warfen den Eheleuten vor, sie seien unsensibel und egoistisch, und obwohl die Frau schwieg, wusste Samira, dass sie da war. Sie stellte sich vor, wie sie in der Abendsonne am Bug saß, eine kleine Frau mit weißen Sonnencremestreifen auf der Haut, würdevoll und sinnlich. Ihr Mann richtete mehrmals das Wort an sie, aber sie antwortete nicht, vielleicht wollte sie nicht auf das Niveau des blöden Gejammers absinken oder vielleicht verspürte sie einfach nicht das Bedürfnis, sich zu erklären. Jedenfalls beeindruckte Samira dieses Schweigen. Sie war überzeugt, dass die Frau ihre Mutter zutiefst hasste.

Es kam vor, wenn auch selten, dass Nicolas und Samira sonntags nach dem Besuch des Friedhofs, wenn die Nachmittagssonne noch unterzugehen zögerte, Saro und die anderen nach Hause brachten und anschließend nach Mondello fuhren und sich unweit des auf Pfählen errichteten berühmten Restaurants Charleston am Strand niederließen. Samira planschte gern im flachen Wasser zwischen den Pfählen, an denen sie sich gut festhielt, immer in der Angst, eine riesenhafte Welle könnte sie fortreißen, mitsamt Restaurant, Tischen, Tellern und allen, die beim Essen saßen. Sie phantasierte gern.

Nicolas hatte ihr beigebracht, sich über Wasser zu halten, doch es hatte gar nichts geholfen, ihr von seinen wunderschönen Ausflügen in die Unterwasserlandschaft zu erzählen. Gar nichts. Vom Hinausschwimmen wollte sie nichts wissen. Sie blieb im flachen Wasser, fern von allen Gefahren. Höchstens zum Spiel tauchte sie in seltenen kühnen Augenblicken das Gesicht ins Wasser und zählte bis dreißig, weil sie gegen Nicolas gewinnen wollte. Aber ihr Enkel war ein Champion. Unschlagbar. Das Luftanhalten war ein Kinderspiel für ihn. Er konnte dreieinhalb Minuten unter Wasser bleiben. Wie er es schaffte, die Luft so lange anzuhalten, wusste er selbst nicht. Vielleicht war es eine Frage des Trainings. Als er zehn war, hatte sein Onkel Michelino ihn immer zum Fischen mitgenommen. Der Onkel war Fischer von Beruf, er verkaufte fangfrischen Fisch an die Restaurants, und bevor er zwischen den Felsen auf die Jagd ging, gab er Nicolas einen Speer und den Auftrag, im flachen Wasser die Tintenfische in ihren Schlupflöchern aufzustöbern. Mit vierzehn ging es für Nicolas dann richtig los, nämlich mit der Harpune. Auge in Auge mit dem Fisch, gleichberechtigt mit dem Meer, ohne Tricks natürlich! Nie im Leben würde ich mit Taucherflasche jagen. Das ist unfair dem Fisch gegenüber, der nicht atmen kann. Es ist mir gelungen, mich in einen Fischmenschen zu verwandeln! Hahaha! Am liebsten mag ich den Meeresgrund im Winter, weil das Wasser an der Oberfläche leer ist und die Fische sich frei fühlen, sie brauchen sich nicht vor Motorbooten und Schlauchbooten und all so was zu fürchten. Da kommen die Fische aus der Deckung! Boah, sind die schön, ganz bunt! Ein einziges Paillettengefunkel. Wenn ich ins Wasser springe, friere ich erst mal trotz Taucheranzug, aber das geht dann vorbei. Ich hole ganz tief Luft, da freut sich meine Lunge! Mindestens dreimal muss ich Luft holen und wieder ablassen, und beim dritten Mal Einsaugen ist die Lunge so geweitet, dass mehr Luft reinpasst, und dann schließe ich den Mund ganz fest, springe kopfüber ins Wasser und weiter geht es senkrecht nach unten. Der Sprung heißt Froschmann, da spart man Kraft beim Abstieg. Ich bin abgetaucht. Es ist still, eine Stille der Taubheit, und erst nach einer Weile höre ich Boote in der Ferne.

Je tiefer ich absteige, umso höher wird der Druck, es ist, als würde mich das Meer zerquetschen, auch wenn ich immer denke, es umarmt mich, und deshalb tauche ich noch tiefer. Ich sehe Felsen, Ritzen, Höhlen, Grün, Blau, Lichtstreifen, schwarze Schlupflöcher, Fische in allen Formen … Auf die ganz kleinen, die sich neugierig nähern, schieße ich nicht. Mit denen spiele ich nur: Ich ziele und tue so, als würde ich abdrücken. Fische sind neugierig. Wie Kinder. Manche sind so neugierig, dass sie sich aus Neugier fangen lassen. Diese Art zu fischen heißt Speerfischen. Man versteckt sich an einer Stelle mit vielen Fischen, vor allem Meerbrassen und Wolfsbarsche, und wartet. Wenn ein Fisch einen beim Absteigen beobachtet hat, kommt er, vor allem wenn er sehr jung und unerfahren ist, nach einer Weile langsam immer näher und näher, bis er in die Schusslinie gerät, und dann drückt man ab, und der Gummizug lässt die Harpune davonflitzen.

Aber ich fische nicht gern auf diese Art, es langweilt mich. Ich konzentriere mich auf die Höhlen. Ich schwimme hinein, sehe mich um und verhalte mich wie eine jagende

Katze, bin leise und bewege mich nicht. Ich versuche den Fisch zwischen den Algen oder in seinem Versteck zu überraschen. Ich liege auf der Lauer. Bis der Tauchgang zu Ende geht und mir die Luft allmählich knapp wird. Wenn ich an meinen Magenkrämpfen deutlich spüre, dass ich es nicht länger schaffe, halte ich noch ein kleines bisschen aus und steige dann mit oder ohne Fisch ganz langsam auf. Es beruhigt, in zehn Meter Tiefe die Sonnenstrahlen zu sehen, die mich aus Millionen und Abermillionen Litern Wasser wieder an die Oberfläche ziehen. Sie sind meine Rettung. Der Sauerstoff ist aufgebraucht, und mit dem allmählich heller werdenden Licht fühle ich, dass ich gerettet bin, dass ich schon fast wieder atme, aber ich darf nicht beschleunigen, ich muss sehr langsam aufsteigen, sonst kriege ich eine Embolie, und dann bin ich mausetot. Wenn ich dann auftauche, ist es, als würde ich noch mal geboren, ich hole nicht sofort Luft, ich muss mich erst daran gewöhnen. Ein Atemzug nach dem anderen gibt mir das Leben zurück, die Sonne wärmt mich, und ringsum ist alles ruhig und friedlich. Ich liege im Wasser, um Kräfte zu sammeln, spiele toter Mann, und dann fülle ich meine Lunge, eins, zwei, drei, und tauche beim dritten Atemzug wieder ab.

Du lieber Gott! Es ist jedes Mal wieder anders!

Nachdem Saro mit allen möglichen Geräten versucht hat, das Schloss möglichst schonend aufzubrechen, sinkt er erschöpft zu Boden. Samira gibt kein Lebenszeichen mehr von sich, und er hat alles verloren, inklusive den Hass der Schwiegermutter. Filippo, der ihn bis dahin hat gewähren lassen, nutzt Saros Mutlosigkeit aus und schlägt mit einem Eisenteil das Seitenfenster ein. Der Gestank nach Kot und Kotze, der das Wageninnere verseucht hat, breitet sich aus und treibt die Schaulustigen in die Flucht, die von dem Unglück gehört haben und scharenweise in die Straße geströmt sind.

»Das stinkt wie die Pest!«

»Die ist ja wirklich tot! Geh nicht hin …«

»Ruf den Krankenwagen!«

»Signora Pina hat schon angerufen.«

»Im Namen des Vaters, des Sohnes und des Heiligen Geistes …«

»Quatsch, Krankenwagen! Ein Leichenwagen muss her, sie ist ja schon ganz steif.«

»Schau, sie ist schon hart.«

»Die Ärmste! Was für ein schreckliches Ende.«

»Wie eine Ölsardine.«

»Ruf den Pfarrer vom Don Orione, beeil dich!«

»Quatsch, Pfarrer, da muss die Polizei her!«

»Im Namen des Vaters, des Sohnes und des Heiligen Geistes …«

»Das ist unser Ruin! So ein Schlamassel hat uns heute Morgen gerade noch gefehlt!«

»Weg da! Geh nicht hin …«

»Das stinkt wie die Pest!«

Jäh lenkt leichter Gegenwind die Stoßrichtung des Gestanks um und zwingt die Leute, ihre Kommentare zu unterbrechen, denn sie müssen rasch zurückweichen. Der Scirocco schlägt Kapriolen. Jetzt faucht er mit mörderischer

Wucht aus allen Richtungen, aus Nord, Süd, Ost und West, von rechts und links, vorn und hinten, oben und unten … er ist völlig unberechenbar. Die rasch aufeinander folgenden Böen verbreiten Panik. Die Leute flüchten vor dem Wind, sie straucheln, stürzen und bleiben immer tiefer in der schmalen Gasse stecken. Clara versucht über die von ihr bemalte Mauer zu klettern, nur um aus dem Pferch herauszukommen, aber sie schneidet sich die Hände an den Glasscherben auf, die extra zu dem Zweck oben in der Mauer stecken. Rosa – verfolgt von der wütenden Concetta, die sie des Mordes bezichtigt – rettet sich ins Auto und verriegelt sofort die Türen. Zu Concetta stoßen Saro, der Rosa verflucht, und Santo, der Rotz an das Seitenfenster spuckt und sie übel beschimpft. Wieder ist in der Gasse der Teufel los. Aber es sollte doch niemand sterben! Damit hat keiner gerechnet. Alle sind schuld, und es ist, als wollte der Herrgott sie bestrafen: Der Wind flaut unvermittelt ab, und es regnet Tausendfüßler vom Himmel.

»Scheiße, was ist denn das?«, nuschelt Saro, und als er sich mit der Hand über die Haare fährt, bleiben eklige schmierige Dinger an seinen Fingern hängen.

»Das sind Würmer, schau nur!«

Alle schauen nach oben und versuchen, die Augen mit einer Hand zu schützen, und wer den Mund offenstehen lässt, dem fallen die Würmer in den Rachen. Manche spucken sie aus, manche schlucken sie, um nicht zu ersticken. Zu Hunderten regnen sie herab wie ein Fluch.

»Wo kommen die denn plötzlich her, verdammt noch mal!«

»Die schickt der Herr …«

»Igitt, ist das grauslig!«

»Stell dich unter den Balkon da, schnell, die zwicken mich in den Kopf!«

»Wie bitte? Die beißen?«

»Jetzt hab ich sie schon in der Unterhose!«

»Ich spüre sie auch schon überall!«

»Mach die Tür auf, damit wir reinkönnen!«

»Eieieiei, schlüpf unter das Auto, schnell, die saugen Blut!«

Die Stimmen erlöschen, und Millionen versteckter Augen beobachten voller Schrecken, wie sich die Straße mit langsam kriechenden Würmern füllt, die in glitschigen Knäueln überall hinschlängeln.

›Mein Traum!‹, denkt Rosa, die wie gelähmt im Auto sitzt. »Die großen schwarzen Schirme … Claraaa! Es geschieht uns allen recht. Clara? Wo bist du? Ich schaffe es nicht ohne dich … verlass mich nicht!« Sie will aussteigen, aber kaum hat sie den Fuß auf den Boden gesetzt, zieht sie ihn auf das Knacken des unter dem Schuh zerquetschten Getiers hin sofort wieder zurück, und sie knallt die Tür mit solcher Wucht zu, dass sie sich einen Finger einklemmt. Der Schmerz ist so heftig, dass Rosa keinen Ton herausbringt, sie öffnet langsam die Tür, befreit den Finger und schließt die Tür, ohne mit der Wimper zu zucken. Ihr Herz klopft im Takt mit dem Schmerz, ihre Augen werden trüb, und sie verliert fast das Bewusstsein.

Als der Regen aufhört, kommen die Frauen aus der Deckung, schnappen sich die Besen, die noch an der Mauer lehnen, und fegen das Gewürm schwungvoll zu kleinen Haufen am Straßenrand zusammen.

Die Männer tauchen wieder auf, den Blick auf den Boden geheftet und darauf bedacht, möglichst viele von den Tierchen zu zertreten. Das Geräusch erinnert an einen Herbstspaziergang mit knackendem Laub. Als die Straße zumindest oberflächlich von dem Ungeziefer befreit ist, wendet sich die Aufmerksamkeit wieder dem Punto zu, in den Nicolas sich verkrochen hat. Verzweifelt sitzt er neben Samira. Er hat die Handbremse gezogen und vergeblich versucht, die Leiche aus dem Folterwagen herauszuholen, und die Leute starren ihn an. Er möchte, dass sie aufwacht und ihnen allen die Leviten liest. »Du musst atmen, Sasà!«, flüstert er zärtlich. »Halt dich an mir fest und bewege die Beine, als würdest du in die Pedale treten. Tu, was ich sage. Zeig ihnen, dass du schwimmen kannst. Nicht untergehen, Sasà, ich bringe dich nach Hause. Tu's für mich, bitte.«

Das gemeine Pack tritt nicht näher, nicht der Vater und nicht die Brüder. Aber allein hält Nicolas das Leid nicht aus. Samiras schwarze Augen haben sich verfärbt. Sie sind hell geworden. Die blauen Augen, engelgleich bei einem Kind, sind bei ihr widerlich. Es ist unmöglich, Samira wegzubewegen, sie klebt am Polster fest und wiegt bestimmt über hundert Kilo. Wie eine Muttergottes ohne Paradies sitzt sie auf ihrem Karren wie auf einem Thron. Wild. Streng. Und wehe, einer fasst sie an. Wehe, einer zwingt sie abzudanken.

Plötzlich ein Schrei: »Samira hat gewonnen!«

Die Menge wendet sich reflexhaft Rosa zu, die langsam

rückwärts fährt. In allen flammt ein Funken Hoffnung auf bei dem Gedanken, dass diesen Kampf immerhin jemand gewinnen kann, und sie machen Rosa andächtig schweigend Platz. Verstört und verängstigt wie bei einer Safari, der Kopf auf die Brust gesunken, fährt sie, und sie weiß nicht wohin. Rosa schrammt an der Mauer entlang, unbekümmert um das schrille Piepsen des Sensors, der das Hindernis meldet.

»Schlag nach rechts ein, hierher … Rechts einschlagen, sage ich, rechts! Wie kann man nur so bescheuert sein!« Ein halb Lahmer kann dieses Scheißmanöver nicht länger mit ansehen und dirigiert, das Bein nachziehend, den Wendevorgang.

Weinend steuert Rosa in die Gasse hinter ihr.

Plötzlich wieder ein Schrei: »Samira hat gewonnen! Sie hat die Straße erobert! Die Straße gehört ihr!«

Die Sünder jubeln, und um die schreckliche Todesbotschaft des Himmels vergessen zu machen, setzen sie alles daran, Vergebung zu erlangen, und heben das unschuldige Opfer ihres unmoralischen Spiels auf den Thron.

»Ab sofort soll die Straße nach ihr heißen!«

»Richtig!«

»Via Samira …«

»Wie hieß sie denn mit Nachnamen?«

»Den weiß kein Mensch, woher auch! Sie wusste ihn ja selber nicht.«

»Sie war illegal hier.«

»Sie hat ihren Namen vergessen …«

»Ist ja auch egal, dann heißt die Straße eben Via Samira Sadat.«

»Richtig! Wir geben ihr den ausländischen Namen von der Parallelstraße!«

»Von welcher? Via Anwar Sadat?«

»Klar, hat doch keiner was dagegen, oder?«

»Via Samira Sadat!«

»Richtig!«

»Lasst sie durch! Samira hat die Straße erobert!«

»Die Straße gehört Samira!«

Nicolas legt Samiras verdorrte Hände ans Lenkrad und drückt seine Hände ganz fest auf sie, damit sie nicht abrutschen. Als er die Handbremse löst, setzt sein Herz aus. Leerlauf. Ein Abgrund am Ende der Straße zieht den Punto an wie ein Magnet. Nicolas kann das Auto nur mit Mühe halten, doch dann stürzt Felice zu Hilfe, seine vor Angst zitternde Frau im Versteck zurücklassend. Begleitet von einer Prozession sämtlicher Bewohner des Viertels, setzt sich der Leichenwagen langsam in Bewegung, und am Eingang des Hauses Calafiore schließt sich unter unflätigem Geschrei und Gejammer nach und nach die Familie in schwankendem Gleichschritt dem Trauerzug an.

Auf dem Rückweg von der Seitenstraße hat Rosa sich hinter der Mauer versteckt, doch als der Trauerzug sich nähert, verlässt sie ihre Deckung. »Clara, wo bist du? Komm her! Wo bist du?«, schreit sie aus vollem Hals.

Clara löst sich aus der Menge und rennt erschrocken zu ihr.

»Steig ein, schnell! Die lynchen dich! Die Polizei kommt gleich, los, wir warten im Auto.«

»Wie entsetzlich, Clara, grauenvoll! Es ist meine Schuld!«

»Nein, Rosa! Beruhig dich. Es ist nicht deine Schuld. Niemand ist schuld.«

»Sie wollte …«

»Bitte, lass uns einsteigen!«

»Ich liebe dich, Clara! Ich liebe dich wahnsinnig!«

Rosa küsst sie leidenschaftlich vor aller Augen, und Groß und Klein schaut völlig verdattert.

Die emotionale Abkoppelung dauert einen Wimpernschlag, den Bruchteil einer Sekunde, wie ein Reifenwechsel beim Boxenstopp, der den Gran Prix kostet. Felice lockert den Griff, und Nicolas entgleitet das Auto mit Samira.

»Tatütata!« Der Punto nimmt Tempo auf, lässt das Haus der Calafiores hinter sich und stürzt in die Schlucht am Ende der Straße. »Tatütata!« Samira ist nur noch eine Erinnerung, etwas Bitteres, das hinuntergestoßen werden muss. »Tatütata!« In der Ferne heult eine Sirene, ob Krankenwagen oder Polizei ist nicht zu unterscheiden … »Tatütata!« Sie heult auf und verstummt, als hielte sie ständig an, um nach einer bestimmten Straße zu fragen.

Die Originalausgabe erschien 2008 unter dem Titel
Via Castellana Bandiera bei Rizzoli, Mailand.

FSC
Mix
Produktgruppe aus vorbildlich
bewirtschafteten Wäldern und
anderen kontrollierten Herkünften

Zert.-Nr. GFA-COC-001223
www.fsc.org
© 1996 Forest Stewardship Council

Verlagsgruppe Random House FSC-DEU-0100
Das für dieses Buch verwendete FSC-zertifizierte Papier *Munken Pocket*
liefert Arctic Paper Munkedals AB, Schweden.

1. Auflage
Deutsche Erstveröffentlichung

Satz: Greiner & Reichel, Köln
Druck und Einband: CPI – Clausen & Bosse, Leck
Printed in Germany
ISBN 978-3-630-62177-7

www.luchterhand-literaturverlag.de